KB176633

권영민 산문집

수선화 꽃망울이 벌어졌네

권영민 權寧珉

충남 보령에서 태어나 서울대학교 문리과대학 국어국문학과를 졸업하고 문학박사 학위를 받았다. 서울대학교 인문대학 국문학과 교수로 재직하였으며 미국 하버드대학교 초빙교수, 일본 도쿄대학교 외국인 객원교수, 단국대학교 석좌교수 등을 역임했다. 현재 서울대학교 명예교수, 미국 버클리대학교 명예교수, 중국 산동대학 석좌교수로 활동 중이다. 주요 저서로는 『한국현대문학사』(1, 2) 『한국계급문학운동연구』 『이상 연구』 등이 있으며, 평론집으로 『소설과 운명의 언어』 『문학사와 문학비평』 『분석과 해석』 등이 있다.

수선화 꽃망울이 벌어졌네

초판 1쇄 인쇄 · 2023년 11월 30일
초판 1쇄 발행 · 2023년 12월 10일

지은이 · 권영민
펴낸이 · 한봉숙
펴낸곳 · 푸른사상사

주간 · 맹문재 | 편집 · 지순이 | 교정 · 김수란, 노현정 | 마케팅 · 한정규
등록 · 1999년 7월 8일 제2-2876호
주소 · 경기도 파주시 회동길 337-16(서패동)
대표전화 · 031) 955-9111(2) | 팩스 · 031) 955-9114
이메일 · prun21c@hanmail.net
홈페이지 · http://www.prun21c.com

ISBN 979-11-308-2120-7 03810
값 22,000원

푸른사상
산문선
53

수선화
꽃망울이
벌어졌네

권영민
산문집

작가의 말

누구나 살아가면서 수많은 일을 겪는다. 그리고 세월이 지나면서 잊어버린다. 사람은 잊어버리지 않고서는 행복할 수 없다고 말한 이도 있다. 그러나 나는 이 말에는 동의하지 않는다. 잊을 수 없는 일들이 얼마나 많은가? 사람마다 마음속 깊이 묻어두고 있는 일은 또 얼마나 많겠는가?

내 마음속 깊은 곳에 담겨진 사연들은 모두가 고향을 떠나면서 생겨났다. 고향 생각은 언제나 연한 보랏빛으로 내 어린 시절과 겹친다. 그리고 거기에는 다시 만나고 싶은 얼굴들이 옛 모습 그대로 가득하다. 그 시절의 얼굴들을 지금도 이렇게 생생하게 기억해낼 수 있다는 것은 참으로 고마운 일이다. 나는 그리움이라는 이름표를 달고 떠오르는 그 시절을 기억하는 순간마다 가슴 벅찬 행복을 느낀다. 그리움이란 내 마음의 거울이다. 문득 내 앞에 다가와 나를 다시 돌아보게 만드는 것. 그것이 바로 그리움이다.

이 책에 쓴 이야기는 모두가 내 마음 속에 오랫동안 담아두었던 그리움에 관한 것들이다. 나 혼자 그대로 마음속에 접어두었어야 하는

일이 아닌가 생각도 든다. 이렇게 털어놓고 보니 내 나이에 어울리지 않게 부끄럽다. 하지만 어린 손녀들에게 이런 이야기라도 들려줄 수 있게 된 것이 기쁘다. 어린것들이 가끔 유튜브에 동영상을 올려두고는 '좋아요'를 누를 것을 내게 재촉한다. 내 반응이 시원치 않으면 '할아버지 어렸을 때는 어땠는데요?'라고 묻는다. 나는 늘 대답이 궁했다. 이제 한글을 깨쳐 글을 읽을 수 있게 된 손녀들이 이 책을 읽은 후에 '좋아요'로 내게 박수를 보내온다면 그보다 기쁜 일이 어디에 있겠는가?

2023년 10월

권영민

차례

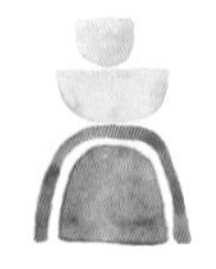

3부 고향 마을 무과수다방

4부 헌책의 향기

1부

꼬마 신랑

꽃소식

"두어 번 전화를 돌렸네."

학교 연구실에 도착하자 전화벨이 울린다. 어머니의 목소리다. 내가 학교에 도착하기 전에 벌써 몇 차례 연구실로 전화를 하셨던 모양이다.

"무슨 일이 있으세요?"

나는 의자에 앉지도 못한 채 어머니의 이른 아침 전화가 궁금하다.

"아니, 아니야. 무슨 일은? 아침부터 우리 박사님 목소리가 궁금해서."

나는 조금 마음이 놓인다.

"글쎄, 아침에 나가보니 수선화가 두어 송이 벌어졌네."

어머니가 전해주는 꽃소식이다. 노란 수선화가 피어나기 시작했다는 것이다. 담장 아래로 여기저기 수북하게 돋아나던 이파리 가운데 꽃대궁이 올라왔는데 작년보다 좀 이르게 오늘 아침 꽃망울이 터졌다고 자랑이시다. 이른 봄날 아침 수선화꽃으로 어머니는 사뭇 즐거우신 모양이다. 어머니의 전화는 언제나 첫마디가 꽃소식이다. 하얀 목련이 꽃대궐을 이루었다고 전화하시면서, 건넛집 새댁이 딸애를 낳았는데 아기 울음소리만 들어도 너무 반갑고 고맙다는 말씀이다. 뜰 안 잔디밭 구석에 고개를 숙이고 피어난 할미꽃 이야기를 전하시던 어머니는 보름 전 세상을 떠난 솟재고개 너머 최씨댁 할머니 이야기로 이어간다. 아들이 보고 싶다는 말씀 대신에 모란꽃이 큰 잔치마당을 벌였는데 한번 내려오지 않겠느냐고 꽃으로 유혹하기도 한다. 담장으로 벋어 올라간 능소화꽃 이야기 끝에 선창가 장씨네 아주머니가 갑오징어 한 꾸러미를 보내왔다고 자랑이시다.

나는 고개를 돌려 창밖을 내다본다. 아침햇살이 유리창을 통해 쏟아져 들어온다. 어머니도 거실에서 창밖을 내다보면서 내게 전화를 걸고 계실 것이 분명하다.

"이제는 날이 많이 풀렸지요? 여기 서울도 오늘 아침은 제법 포근한 느낌이네요."

나는 산자락의 아침 그늘을 등지고 캠퍼스를 바쁘게 걸어가는 학생들을 창밖으로 내다본다. 발걸음이 모두 가볍다.

"바쁜 사람 내가 붙들고 있는가 봐."

어머니의 걱정이다. 나는 아침 시간에 아무 일도 없다면서 어머니 말씀을 기다린다.

"지난 토요일에 진이가 왔었어. 할머니께 설 때 세배도 못 했다면서."

"진이라니요?"

"아, 민수네 넷째. 호텔에서 근무하는……."

나는 그제야 진이를 알아차린다. 어머니의 전화는 외손녀 이야기로 화제가 바뀐다.

민수 동생 진이는 어릴 적부터 아주 똘똘했다. 얼굴도 참하고 맑은 목소리의 말씨도 고운데 눈매가 꼭 누님을 닮았다. 전문대학을 졸업하고 서울의 일류 호텔에 취직되었다는 소식을 직접 내게 전화로 알렸을 때 나는 몇 번이나 축하한다고 말해주었다. 그런데 직장을 정한 뒤로는 몇 년 동안 한 번도 얼굴을 보지 못했다. 호텔 일이라는 것이 남들 쉴 때 바쁜 곳이니 넷째 진이는 명절 때 집에 오기도 힘들다는 것이 누님의 말이었다. 그래도 나는 진이가 장하다고 늘 칭찬했다.

그런데 문제가 생겼다. 직접 전화를 내게 걸어온 적이 없는 매부가 얼마 전 걸걸한 목소리로 나를 찾았다. 처남에게 상담 좀 하겠단다. 진이 이야기였다. 진이에게 남자 친구가 생겼다는 것이다. 나는 잘된 일이라고 먼저 운을 뗐다.

"처남, 잘된 일이라고 하는데, 나는 요새 밥맛도 없어졌네."

매부는 자못 비장한 어조다. 무언가 남자 친구 문제로 사달이 생긴 것 같았다.

"왜요? 진이가 무어 잘못되었나요?"

"잘못되다마다. 크게 잘못되었어. 제 애비 말은 듣지도 않고……."

매부는 땅이 꺼질 듯 한숨을 쉬면서 진이 이야기를 들려준다. 진이가 호텔에서도 참하게 일 잘하는 것이 여러 사람의 눈에 띄었던 모양이다. 젊은 직원들 사이에도 인기가 많아졌다. 진이에게 적극적으로 접근해온 직원 가운데 진이의 마음을 흔든 것은 중식당의 젊은 조리사였다. 진이는 그 젊은이에게 끌렸다. 두 사람 사이가 가까워졌고 결혼까지 생각하게 되었다. 그런데 그 청년 조리사가 하필이면 중국화교 출신이었다. 매부가 문제 삼는 것이 바로 그 점이다. 왜 중국인과 결혼하려고 하는지 이해할 수가 없단다.

"처남, 한번 판단 좀 해봐. 이게 가능한 일인가? 나는 절대 허락할 수 없네."

이쯤 되자 나도 매부 편에 설 수밖에 없다. 그 녀석이 왜 그런 판단을 하는지 나도 이해가 안 된다고 했다. 매부는 누님을 원망하는 투였다. 딸애의 장래를 생각하여 적극 반대해야 하는데 자꾸 딸의 편을 들고 있다는 거였다.

어머니는 이야기를 다 전하신 후 목소리를 낮추고 이렇게 물으신다.

"박사님이 이 서방한테 진이 적극 말려야 한다고 했었나?"

"매부가 하도 난리를 치시니 저도 좀 거들었지요. 하필 그런 상대를 만나 온 집안을 뒤집어놓는지…… 참."

내가 이렇게 얼버무린다.

잠자코 내 말을 듣던 어머니는 한마디 하시고는 바로 전화를 끊었다.

"나는 박사님한테 실망이네."

전화가 끊긴 것을 알고 다시 다이얼을 돌렸지만 어머니는 내 전화를 받지 않으신다. 나는 무언가 잘못되었다는 생각이 들었다.

주말에 나는 혼자서 고향 집을 예고도 없이 찾았다. 어머니는 반가워하시면서도 갑작스런 아들의 출현을 오히려 궁금해하신다.

저녁상을 물린 후 모자는 자연스럽게 진이 이야기를 화제로 올렸다.

"어머니가 실망하셨다고 하여 걱정이 좀 되었지요."

내 말에 어머니는 자초지종을 말해주신다.

진이 녀석이 어머니를 찾아와서는 두어 시간 대성통곡을 했단다. 제 아빠가 가장 밉고 원망스럽다고 했다는 것이다. 자기네 사정을 가장 잘 이해해주실 것으로 알았는데 외삼촌마저 완고한 아빠 편을 들고 있다면서 어쩌면 좋으냐고 울더란다. 이제는 아빠를 거역할 수밖에 없다며 흐느끼는 진이를 쓰다듬어 안아주시면서 어머니는 네 아빠가 생각을 바꿀 때까지 조금만 더 기다리라고 달랬다는 것이다.

"나는 박사님이 이 서방을 좀 설득할 줄 알았네. 이 서방이 우리 박사님을 늘 좋아했느니……. 요즘 세상에 중국 화교 출신이면 어때? 제대로 된 직장이 있고, 자기 기술도 있으니 생애 걱정은 안 해도 되겠더구만. 인물도 아주 번듯했어. 콧날도 바르고 눈동자도 서글서글하던데. 무엇보다도 둘이서 죽고 못 살겠다며 야단인 걸 부모가 왜 반대하는지……. 그것들이 둘이서 여기 대청마루 바닥에 머리를 박고 할머니 저희들 좀 살려달라고 하면서 손을 꼭 잡고 있는 꼴이 너무 애처로웠어. 저녁을 해 먹이고 진이 남자 친구는 책방에서 자게 하고 진이는 어릴 때 했듯이 내 곁에서 하룻밤을 재웠어. 그러고는 아침에 깨어보니 진이와 함께 둘이서 부엌에서 아침상을 차리고 있었네. 그것들이 둘이 부엌에 들어선 모습이 얼마나 이뻐 보이던지……. 아침 먹고 서울로 올라갔지. 할머니 말씀대로 기다리겠다고 약속도 했고……."

나는 그 말씀에 '아하'라고만 말할 수밖에 없었다. 어머니는 내 얼굴을 한번 쳐다보시더니 다시 말씀을 잇는다.

"이 서방은 한산 이 씨 양반만 찾는 시골 사람이야. 딸아이 가슴 터지는 것은 생각도 못 하고 꽉 막혔지. 몇 번을 내게 전화를 하면서 서울 권 박사도 이 혼인은 반대라고 분명히 말했는데 철없는 딸년이 제 애비 속을 이렇게 태운다고 신세 한탄도 했지. 하지만 나는 그 말을 두둔하지 않았어. 자식 못 말리는 게 부모라고만 했어."

나는 어머니의 말씀에 그만 얼굴이 화끈해졌다. 그리고 아무 말씀도 더 드릴 수가 없었다. 애들 형편은 헤아리지 못하고 별생각 없이 매부의 말씀에 끼어든 것이 내 불찰이었음을 깨달았다.

나는 어머니 손을 잡고 뜰에 내려섰다. 마당 가장자리에 초록의 긴 이파리 사이로 노랗게 망울을 터뜨린 수선을 내려다보았다. 나는 꽃을 가리켰다.

"이 꽃망울은 제법 크네요. 겹꽃으로 피어난 것이……. 아직 바람결이 차가운데 이렇게 꽃이 피어나니 계절은 거스를 수가 없나 봐요."

어머니는 내 손을 힘주어 잡으신다. 나는 다시 진이를 생각했다.

"진이 남자 친구 녀석이 잘생겼어요?"

어머니는 내가 묻는 말에 대답하는 대신 이렇게 말씀하신다.

"아무리 제 속으로 난 자식이라도 세상에 자식 이기는 부모는 없어. 저희 둘이서 잘 살 수 있다고 그렇게 야단인데. 그동안 진이 제날대로 잘 컸으니 이제는 그 생각도 좀 들어주어야지."

어머니는 혼잣말처럼 말씀하신다.

그날 밤 나는 밤이 늦도록 매부와 전화 씨름을 했다. 매부는 몇 번이고 내게 다그쳤다.

"처남, 정말 상관없는 일인가?"

나는 매부가 괜한 걱정을 하시는 것이라고 말했다. 요즘 모두가 좋아하는 직업이 셰프라는 말도 전했다.

"권 박사, 정말로 애들 말을 들어줘야 되나?"

"예, 매부 아무 걱정 마세요. 중국 화교 출신이라지만 그 부모 때부터 한국에 나와 사셨다니 한국 사람과 똑같지요. 아무 상관 없어요.

요즘 국제결혼이 얼마나 많아요? 그 녀석 제대로 공부도 하고 이제는 유명 호텔의 셰프라니 직장 문제도 걱정 없어요. 매부가 그 정도 반대하셨으면 되었지요. 이제 허락하세요."

매부는 그제사 '허허 참' 너털웃음이다. 그러고는 "여보, 처남도 허락하라네. 이제는 하는 수 없구먼." 하면서 전화를 누님에게 바꾼다.

나는 누님에게 꽃소식을 전한다.

"어머니가 마당 가에 수선화가 피기 시작했다고 해서 꽃 보러 내려왔네요."

꼬마 신랑

어머니의 반짇고리에는 색색으로 실을 감아둔 실패가 여럿 담겨 있다. 가위며 대자며 교묘하게 생긴 바늘집과 골무도 여럿이다. 한지로 오려놓은 옷본이라는 것도 이것저것 많았다. 그 속에 할아버지 할머니의 버선본도 있다. 어머니는 반짇고리를 내려오면 나를 근처에도 오지 못하게 했다. 장난꾸러기인 내가 바늘에 찔릴까 봐 걱정이다.

어머니는 내 옷을 직접 손으로 만들어 입혀주었다. 할아버지의 지시에 따라 언니의 옷은 언제나 옷가게에서 새 것으로 사 왔다. 하지만 내 것은 어머니가 천을 끊어다가 마름질을 하고 재봉틀로 박았다. 나는 그것이 늘 불만이었다.

"어머니, 내 옷도 옷가게에서 사주면 안 돼?"

"네 옷은 내 손으로 이쁘게 만들어주면 되지. 이렇게 여러 벌을 만들어놓으니 매일 갈아입을 수 있잖니?"

나는 장난이 심하여 흙마당에 뒹굴고 산비탈을 뛰면서 날마다 빨랫감을 만들어냈다. 시장에서 산 옷이라면 벌써 해져버렸을지 모를 일이다. 어머니의 바느질 솜씨로 나는 매일 깨끗한 옷차림이 가능했다. 하지만 옷가게에서 사 온 새 옷 입고 으스대는 언니 모습에 심통이 났다.

어머니는 면사무소에서 나누어주는 미군 구호물자 헌 옷을 얻어다가 옷감을 조각조각 모두 뜯어냈다. 그러고는 그 옷감을 덧대어 내 바지도 만들고 웃옷도 만들고 조끼도 만들었다. 솜씨가 감쪽같아서 아주 비싼 옷을 사 입은 것처럼 보일 정도였다. 다른 애들은 모두 삼베로 만든 팬츠 하나면 여름을 났다. 나는 학교에 갈 때마다 어머니가 만든 감색 반바지에 흰색 반소매 셔츠 차림이었다.

어머니의 바느질 솜씨는 동네에 소문이 나 있었다. 이웃 처녀가 시집갈 때 새로 해 입어야 하는 노랑 저고리 빨강 치마는 대부분 어머니 바느질로 만들어졌다. 환갑 잔치 하는 솟재고개 마을 이 씨네 노인도 두루마기와 한복을 모두 어머니에게 부탁했다. 어머니는 힘든 바느질을 도맡아 해냈다.

내 어린 시절 동무들은 나를 꼬마 신랑이라고 놀렸다. 어머니의 바느질 솜씨 덕분에 이런 이쁜 별명도 얻었다. 초등학교 3학년 때 담임 선생님이 그렇게 불러주신 까닭이다.

겨울방학이 끝났다. 그런데 여전히 날씨는 차갑고 눈이 발등까지 덮인다. 매운바람이 귀를 떼어내듯 불어닥쳤다. 할머니는 난로가 시원치 않은 손주 학교 교실이 걱정이다. 하지만 나는 개학하기 며칠 전부터 신이 났다. 숙제도 챙기고 미리 책보도 싸놓았다.

학교에 갈 준비를 하는데 어머니가 곱게 지은 한복 바지저고리와 남색 조끼를 꺼내어 왔다. 햇솜을 두어 지은 바지와 저고리가 두툼했다. 바지는 광목천을 검게 물들인 것이고 저고리는 아주 옅은 분홍빛인데 곱게 누볐다. 발목에 대님을 치는 대신에 바짓가랑이 끝에 속으로 고무줄을 넣어 저절로 접히도록 만들었다. 저고리 위에 남색 조끼까지 입으니 거울에 비친 내 모습이 장했다.

"어머니, 그런데 왜 여기에 단추를 달았어요?"

나는 누비저고리 양 소매 끝에 달린 단추가 궁금했다. 어머니는 웃으면서 소매 끝동 부분에 달린 단추를 단추구멍에 꿰어 보인다.

"이렇게 단추를 꿰면 찬 바람이 소매 끝으로 안 들어온다. 바짓가랑이 끝에는 고무줄을 넣었다. 학교에서 뛰어놀다가 바지 대님이 풀어지면 어떡하니? 모양은 없어도 이게 더 편하다."

어머니는 새로 고안한 내 바지와 저고리의 모양새를 설명해주신다. 바짓가랑이에 고무줄을 넣어 조이게 한 것은 내 생각에도 자꾸 풀어지는 대님보다는 편할 것 같다. 그러나 나는 아무래도 소매 끝동 부분을 오무려 단추를 꿰도록 만든 내 누비저고리가 마음에 걸린다. 토끼털 목도리를 두르고 어머니가 털실로 떠준 벙어리장갑을 끼고 보니 눈밭에 누워도 추울 것 같지 않다. 학교 가는 길에 바짓가랑이가 서로 부딪치는 소리가 서걱거렸다.

선생님이 출석을 부르다가 내 모습에 반했다.

"영민이가 오늘 꼬마 신랑 같구나."

까르르 교실 안이 온통 웃음바다가 되었다. 나는 얼굴이 화끈거렸다. 옆자리의 근배가 "꼬마 각시는 누군데요?" 하고 묻는 바람에 다시 모두가 책상을 두드리면서 웃었다. 형만이는 내 등 뒤에 대고 "순옥이" 하고 말했다. 우리 반에서 제일 이쁜 아이였다. 그 소리가 다시 교실을 뒤집었다.

수업이 끝나고 나는 선생님을 따라 교무실로 들어섰다.

"우리 꼬마 신랑, 무슨 말씀을 하고 싶으신가요?"

나는 입을 한번 악물어보고는 이렇게 말했다.

"선생님, 애들이 꼬마 신랑이라고 놀려대요. 그리고 순옥이가 꼬마 각시래요."

옆자리의 선생님들이 웃음을 터트렸다.

교감 선생님이 교무실로 들어오시면서 나를 번쩍 들어 안았다.

"이 녀석, 오늘 한껏 차려입었네."

교감 선생님은 의자에 앉으면서 선생님의 무릎 위에 나를 앉혔다.

"누가 이렇게 곱게 한복을 만들어주셨나? 어허, 소매 끝에 단추를 달았네."

나는 큰 소리로 대답했다.

"우리 어머니가요. 소매 끝을 오무려 단추를 꿰면 찬바람이 안 들어온다구."

"그래, 너무 잘 어울린다. 꼬마 신랑이로구나."

다시 교무실 안이 웃음바다가 되었다.

그후 나는 초등학교를 졸업할 때까지 늘 꼬마 신랑으로 불렸다. 이쁜 순옥이는 나 때문에 꼬마 각시가 되어 동무들의 놀림감이 되었는데, 나는 그것이 싫지 않았다.

어머니와 책방

1

"오빠, 학교에 무슨 일 생기셨나요?"

동생이 이른 아침부터 전화다.

학교 연구실에 도착하여 막 가방 속의 책을 꺼내어놓고 있자니 전화벨이 울렸다. 나는 전화기에서 들려오는 동생의 다급한 목소리에 놀랐다.

"무슨 일은?"

나는 원고 독촉 전화가 아니라서 다행이라 싶었지만, 동생의 목소리에 걱정이 담겨 있다. 집으로 전화를 했던 모양이다. 아내도 아침 일찍부터 볼일이 있다면서 서둘러대던 것을 생각하면 아무도 전화를 안 받으니 걱정이 생긴 모양이다.

"댁에도 전화를 안 받고 새언니도 어디 나갔는지…… 걱정되어서 전화했어요."

식전부터 시골에서 어머니가 전화를 하셨던 모양이다. 늬네들은 오라비한테 연락도 않고 지내느냐면서 야단을 치셨다는 것이다. 엊그제 갑작스럽게 트럭 한 대가 책을 가득 싣고 와서는 권 교수가 보낸 것이라면서 빈방에 책 상자들을 부려두고 갔단다. 그런데 아무런 연락도 없다면서 큰 걱정이시라는 것이다.

나는 그 이야기에 크게 웃는다. 내가 전화를 수도 없이 돌렸는데 어머니가 집에 계시지 않았다. 노인정에 연락해보니 동네 할머니들과 읍내 목욕탕으로 목욕하러 가셨다는 것이다. 그러니 사정을 자세히 말씀드릴 수가 없었다.

내가 학교의 보직을 맡아 두 해 동안 연구실을 떠나 있다가 돌아와 보니 그동안 시인 소설가들이 내게 보내온 책들이 쌓여서 도저히 연구실 책장으로는 감당할 수 없었다. 나는 당장 볼 일이 없다고 생각되는 책들을 골라서 박스에 담았다. 수천 권에 이를 정도였다. 작은 트럭을 부르고 운전기사에게 내 고향 집의 주소와 집 안의 구조를 표로 그려 책 상자를 들여놓을 방까지 표시해줬다. 그러고는 어머니께 전화를 걸었다. 하지만 전화가 통하지 않았다. 어머니가 집에 계시지 않았던 것이다. 나는 그대로 책을 실어 시골집으로 보낸 후 건넛집 한규네로 연락했다. 몇 시간 뒤에 책을 실은 작은 트럭이 시골집으로 갈 테니 운전기사가 가지고 있는 메모대로 책 상자를 들여놓는 일을 좀 도와달라고 부탁했다.

읍내 목욕탕에서 돌아온 어머니는 난데없이 트럭 가득 책 상자가 실려온 것을 보자 덜컥 걱정이 되셨던 모양이다. 그런데 서울 아들은 연구실 전화를 받지 않는다. 내가 강의실에 간 사이에 어머니는 마음 졸이면서 여러 차례 전화를 돌렸다. 어머니는 아들이 왜 그렇게도 귀하게 여기는 책을 아무 기별도 없이 시골집으로 모두 실어 보냈는지 궁금했다. 아들 신상에 무슨 일이 생겼는지도 모른다는 생각이 미치자 딸네들에게 전화를 넣으셨던 것이다.

"늬들은 오래비하고 연락도 안 하고 지냈냐? 오래비 학교에서 무슨 일이 생긴 모양이다. 왜 갑자기 아무 통지도 없이 책들을 실어 시골집으로 보냈으니. 지금 전화도 안 된다. 안팎으로 모두 전화를 안 받는다."

어머니의 사연을 모두 전해 들은 나는 그저 웃음이 나왔다. 나는 동생이 무얼 말하려고 하는지를 알아차렸다. 그저 웃을 수밖에 없는 일이었다.

"무슨 일은? 무슨 일이 생기기는 했다. 책이 너무 많아져서 연구실 책장 정리를 하고 당장 보지 않을 것들을 골라 시골집으로 보냈구나. 어제 어머니가 전화를 안 받으셔서 한규한테 좀 도와달라고 했지."

내 설명을 들은 동생은 따라서 웃는다. 어머니가 괜한 걱정에 마음 졸이고 저녁에 내게 전화도 다시 걸지 못한 것을 알고는 남매가 유쾌하게 웃었다. 동생의 아침 전화가 어머니 이야기로 서로 즐겁다.

나는 아무래도 어머니 생각이 마음에 걸렸다.

어머니께 전화를 드리고 주말에 내려가겠노라고 말씀드렸다. 어머니는 공연한 걱정을 했다면서 아들의 주말 귀향 소식에 반가워하신다.

2

주말에 고향 집을 찾은 나는 어머니와 함께 손을 잡고 농협에서 운영하는 작은 마트에 나갔다. 노인정 어르신들께 인사도 드리며 들여놓을 봉지 커피 큰 것 두 상자와 초코파이 몇 상자를 샀다. 소주도 한 박스를 노인정으로 배달하도록 부탁했다. 어머니는 동네의 친구들이 모여 노는 노인정에 아들을 앞세우고 가고 싶으신 것이다. 노인네들이 '박사 아드님' 치하하는 소리를 또 듣고 싶으신 것이다.

동네 나들이를 마치고 아들과 함께 집 안으로 들어서면서 어머니는 노란 수선화꽃을 가리키신다. 지난겨울 사납게 추운 날씨에도 잘 견뎌내고서는 이렇게 이쁘게 꽃망울을 터트렸다고 꽃 자랑을 하신다. 그러고는 부엌으로 들어가시면서 저녁 준비를 하겠다고 하신다.

나는 바깥으로 나와 집 뒤로 울안을 한 바퀴 돌아본다. 늙은 밤나무는 이제 베어내야 할 정도로 굵은 가지가 삭았다. 대추나무 가지 끝에 바람에 날려온 비닐봉지 하나가 걸려 너풀댄다. 커다란 은행나무 밑으로는 지난가을에 줍지 않은 은행 열매가 회색빛으로 바랜 채

널려 있다. 이제는 아무도 땅 위에 떨어진 은행알에는 관심을 두지 않은 탓이다. 뒤뜰을 모두 차지한 커다란 감나무 아래 서서 나는 아득하게 멀어져 있는 어린 시절의 기억을 끌어낸다.

그때 어머니의 목소리가 들렸다.

"감기 걸리면 어쩌려고? 스웨타라도 걸치지 않고……."

어머니는 저녁 준비가 다 되었단다. 나는 멀리 달아나려던 내 기억을 바로 추스르고는 어머니를 따랐다. 어머니가 아들을 위해 차려주시는 저녁상은 소박하지만 맛있다. 된장찌개는 필수다. 묵은지찜에는 고등어가 들었다. 마른 우럭 젓국은 정말 오랜만이다. 어리굴젓에 돌나물무침이 새 봄맞이다. 검정 서리태콩을 넣은 밥이 너무 찰지다.

식사가 끝난 후에 설거지는 내 당번이다. 한사코 말리시는 어머니를 텔레비전 앞에 앉아 계시도록 한 후에 나는 팔을 걷어붙였다. 텔레비전 연속극이 끝나자 어머니는 설거지 끝낸 내가 들어와 앉아 있는 건넌방으로 오신다. 방이 따뜻한지 살피신다. 내가 내려올 것을 생각하여 낮부터 보일러를 틀었다는 것이다. 그러고는 이렇게 물으신다.

"책들을 저렇게 방 안에 쌓아놓아도 되는 건가?"

어머니는 책을 걱정하신다. 아랫방에 가득 쌓아둔 책 상자를 두고 하시는 말씀이다. 나는 "괜찮아요. 지금 당장 보지 않는 거니까." 이렇게 무심하게 말씀드렸다. 어머니는 아무 말씀도 없이 나를 건너다 보신다. 나는 어머니 모습을 살피고는 이렇게 말씀드렸다.

"저 책들을 모두 꺼내어 정리해놓으려면 책장이 열 개는 필요할 거예요. 지금 당장 보는 책도 아닌데 쓸데없이 돈을 들여 책장을 사다가 책을 정리하려면 그것도 일이잖아요? 돈도 들고……."

어머니는 내 표정을 읽으신다. 나는 어머니께 책 이야기를 말씀드린다. 우리나라의 유명한 시인과 소설가들이 내게 보내온 시집과 소설책이 저렇게 많다고 했다. 그 말씀을 들으신 어머니는 오히려 내게 이렇게 말씀하신다.

"그럼 아주 귀한 책들이구먼."

어머니는 여전히 책 상자가 마음에 걸리시는 모양이다.

나는 주말 하룻밤을 어머니 곁에서 잤다.

아침은 제법 바깥 공기가 차갑다. 나는 어머니께 선창가 밥집에 가서 아침식사를 하자고 했다. 낚시꾼들에게 아침밥을 파는 밥집이 새로 생겨서 동네에도 소문이 났다. 반찬도 깔끔하고 맛있다는 것이다. 어머니도 내 제안을 그대로 받으신다. 동네 사람들이 모두 밥집의 집밥을 칭찬한다는 것이다. 나는 어머니께 두꺼운 외투와 목도리를 꺼내드린다. 나도 겉에 외투를 걸쳤다.

밥집은 이른 새벽 낚시꾼들이 모두 일찍 밥을 먹고 나갔기 때문에 여기저기 자리가 비었다. 주인아주머니가 주방에서 나오면서 어머니께 반갑게 인사를 한다.

"서울 우리 박사 아들."

어머니는 나를 소개한다.

주인아주머니는 반갑게 웃고는 입맛에 맞으실지 모르겠다면서 주방으로 들어간다.

식탁에 차려낸 반찬은 열 가지나 된다. 풋마늘무침, 파래무침, 어리굴젓, 소라고둥을 넣은 두부 된장, 갈치조림, 봄동 겉절이김치, 그리고 김구이와 계란찜도 나왔다. 모두가 맛깔스럽다.

두 어른 아침 식사가 정겹다면서 주인아주머니가 접시 바닥이 드러난 어리굴젓을 더 담아낸다.

식사를 마친 후 나는 어머니 손을 잡고 동네를 한 바퀴 돈다. 아침 햇살이 곱지만 여전히 바람기가 차갑다.

집에 들어서자 어머니는 두꺼운 외투를 벗으시지 않고 작은 손가방을 방 안에서 들고 오신다.

"어디 가시려구요?"

내가 묻는 말에 어머니는 대답 대신에 가방을 열고는 그 속에서 두툼한 봉투를 하나 꺼내어 내게 건네주신다.

"이것 좀 세어봐."

은행에서 다발로 묶어놓은 만원권 지폐다.

"아니, 무슨 일로 이렇게 많은 돈을 찾아 집에 두셨어요? 어디 쓰실 일이 생겼나요?"

"내가 좀 쓸 일이 생겼어."

"무슨 일이신데요?"

어머니는 웃으시면서 나를 보고 그대로 지금 읍내에 나가자는 것이다.

나는 어머니의 속셈이 궁금했지만 모처럼 어머니와 드라이브길에 오르는 것이 귀찮지는 않았다.

"어디 가시고 싶으신데요?"

내가 차의 시동을 걸면서 뒷좌석의 어머니를 돌아보자 어머니는 읍내 장터 입구의 큰 가구점으로 가자고 하신다.

"가구점에는 무슨 일로요?"

내가 묻는 말에 어머니는 가보면 안다고 하시면서 창밖으로 고개를 돌리신다. 나도 운전에 더 조심이다.

읍내 가구점 앞에 차를 세우고 가구점 안으로 들어서면서 나는 어머니의 속셈을 알아차렸다. 어머니는 가구점 구석에 전시용으로 세워둔 책장 앞으로 가신다. 가구점 주인이 나서서 책장을 가리키면서 가게 안에 이 물건 하나뿐이라고 한다.

"열 개쯤 필요하다고 했는데."

어머니는 아랫방에 쌓아둔 책 상자의 책들을 책장에 정리해두고 싶으셨던 모양이다. 모두 열 개가 필요하다는 말에 가게 주인이 놀란다.

"할머니, 이렇게 많은 책장을 어디에 쓰시려구요?"

"책꽂이에 책을 꽂아두려고 그러지요. 이게 책을 꽂는 책장 아닌가요?"

주인은 의아한 표정이다. 그러면서 어디 교회에서 필요한 모양인데 열 개를 구하려면 인근 가구점에 수소문해서 같은 모양의 책장을 구해야 한다고 한다. 이런 시골 마을에서 책장을 사 가는 곳은 교회당뿐이라는 것이다.

"우리 집에 책을 정리해두려고 그러는 거지요. 그러니 오늘 해 전으로 열 개만 구해서 배달해줘요."

어머니는 주소를 대고 전화번호를 불러주고 가방 속에서 돈다발을 꺼내어 그 자리에서 계산을 마치신다.

나는 한마디도 거들지 않고 그냥 어머니가 하시는 대로 구경만 했다. 가게 주인은 고맙다는 인사를 하면서도 사방에 연락하여 책장을 구해야 하는 일이 더 걱정인 모양이다.

어머니는 가게 밖으로 나오시면서 아주 홀가분한 표정이다. 그러나 아무 말이 없는 아들의 심사가 궁금하신 것이다.

"책장이 마음에 안 들어?"

나는 그게 아니라면서 어머니의 손을 잡았다. 그리고 어머니의 뜻을 따르기로 했다. 굳이 책장까지 새로 사다가 책 정리를 하고 싶어 하는 어머니의 속마음을 짐작할 수 있었다.

"딸네들이 집에 내려올 때마다 용돈 주고 간 것을 모은 거여. 책꽂이 사서 우리 박사님 보시던 책들을 모두 잘 꽂아놓으면 좋을 것 같아서 그러는 거지."

나는 어머니에게 달리 드릴 말씀이 없었다.

집으로 돌아와서는 먼저 상자 속의 책들을 꺼냈다. 대충 크기대로 책을 정리하여 쌓는 데도 한나절이 걸렸다. 저물녘에 책장이 실려 왔고 그날 밤 늦게 책장에 책들을 꽂았다. 어머니와 아들이 함께 책을 정리하였다. 그렇게 시골집 아랫방에 작은 서재가 생겼다.

3

“박사님 생각이 나면 이 방에 들어와서 책들을 펼쳐보지. 그리고 저기 의자에 앉아 차도 마시고.”

어머니는 고향 집에 내려온 나에게 늘 이렇게 말씀하신다. 그러면서 어떻게 책장 열 개가 필요한 것을 단박에 알았느냐고 하신다. 어머니는 방 안에 사방으로 벽에 둘러선 책장의 모서리를 마른 수건으로 먼지를 닦아내면서 내가 책상 앞에 앉아 있는 모습을 어린애 대하듯 대견해하신다.

“여기 초등학교 선생님 두 분이 가끔 우리 집에 놀러 오시지. 한번은 꽃 구경하고 싶다면서 대문 안으로 들어왔길래 내가 커피 한잔 하시고 가라고 거실로 들였지. 그랬더니 문을 열어둔 아랫방 서재를 힐끗 보고는 모두 놀랐지. 웬 책이 이렇게 많으시냐고.”

시골 마을의 초등학교 여선생님 두 분이 어머니의 집을 찾았던 것이다. 낮은 담장 너머로 보이는 장미가 너무 예뻐서 들어왔다는 여선생님들을 어머니는 귀한 손님처럼 맞아들였다. 이렇게 인연이 되어 가끔 두 선생님이 어머니 집에 놀러 오곤 했던 모양이다. 어머니는 이 귀한 손님들에게 커피도 내고 아마도 아들 자랑도 늘어놓으셨을 것이다. 선생님들은 방 안의 책을 둘러보고는 두어 권 빌려도 되느냐고 했던 것이다. 잘 보고 가져오라고 책을 내주면서 어머니는 어떤 생각을 하셨을지 궁금하다.

어머니는 매일 책방의 문을 열어두고 작은 책상 위의 먼지도 닦아내고 책을 쓰다듬는 것이 일과의 시작이 되었다.

"이 방에 들어오면 박사님 곁에 서 있는 느낌이 들어. "

어머니는 내가 벽에 걸어둔 그림을 가리킨다. 예전에 파리에 갔다가 몽마르트르 언덕에서 거리의 화가가 그려준 내 초상화다. 연필로만 스케치한 것인데 그 터치가 예사롭지 않다. 내 얼굴의 윤곽과 이목구비의 특징을 용케도 잘 잡아낸 그림이다.

나는 어머니의 마음을 조금은 알아차릴 것 같다.

"이렇게 큰 집의 모든 방이 휑하니 비어 있어서 까닭없이 적적했는데 책방이 생기니 좋아. 빈집 같지가 않어."

이번에는 어머니가 의자에 앉으시고 내가 어머니 곁에 서본다.

나는 어머니의 작은 어깨가 가슴 아프다.

선림사 가는 길

어머니는 선림사(禪林寺) 입춘절 공양에 가보시겠단다. 찬바람에 감기라도 걸리시면 어쩌나 걱정이지만, 아무도 어머니를 거역하지 못한다. 부처님 전에 가는데 무슨 감기 타령이냐고 나무라신다. 겨우내 제대로 바깥세상 구경도 못 하고 아파트 방 안에 갇혀 계셨으니 어지간히 답답하셨을 것이다. 아파트 난간으로 나가서 찬바람 한번 휘 쐬는 것이 나들이셨으니…… .

나는 늦은 아침을 마친 뒤에 고향길에 오른다. 어머니는 옷가지를 넣은 가방을 챙기시느라 나들이 가는 사람처럼 분주하다. 나는 커피를 내려 보온병에 담고 바나나 몇 개를 봉투에 넣는다. 그리고 두툼한 겨울 점퍼를 꺼내 입는다. 어머니는 누비 두루마기에 털목도리를 하고 차에 오르신다. 모처럼 모자가 고속도로를 달린다. 나는 콧노래를 하며 운전을 하고 어머니는 뒷자리에서 계속 나무관세음보살을 되뇌신다.

선림사로 오르는 길은 언제나 한적하다. 송림에 가리어 하늘이 드러나지 않는 작은 길로 들어서면 자그마한 안내판에 선림사라는 글자가 보인다. 선림사를 찾는 길은 숨이 차지만 힘이 들지는 않다. 자동차 길에서 그리 멀지 않게 솔밭 길을 지나 서어나무가 늘어선 골짜기를 올라서면 오롯하게 자리 잡은 작은 암자가 눈에 들어선다. 차령산맥(車嶺山脈)의 산줄기 끝자락이 천수만(淺水灣)의 바다를 만나 우뚝하니 자리에서 일어선 것이 상사봉(相思峰)이다. 선림사는 바로 상사봉의 산기슭에 자리하고 있다.

이 작고 초라하게 퇴락한 절간은 상사봉의 산 그림자를 받치고 서 있는 품이 언제 보아도 서늘하다. 대웅전 아래 돌층계 밑으로 서 있는 우람한 느티나무 두 그루가 천년 암자의 유래가 범상치 않음을 말해준다. 헐어진 목조 건물의 서까래 끝에 매달린 풍경(風磬) 소리가 솔바람에 고즈넉하게 절간 뜰 안에 가득하다. 산길 오르는 사람의 그림자가 전혀 보이지 않는데도 돌계단을 오르는 내 숨소리에 기척을 느낀다. 계단에 오르다가 돌아서 보면, 멀리 서해바다의 포구가 방조제로 막혀 바닷길을 잃었지만, 널다랗게 펼쳐진 호수는 싱싱한 물고기의 푸른 등처럼 햇빛에 반짝인다. 다람쥐 한 마리가 쪼르르 댓돌을 지나 감나무 위로 기어오른다. 한적한 절간을 한 바퀴 돌아보노라면 뒤곁으로 둘러쳐 숲을 이룬 산죽(山竹)에 솔바람이 소란하다.

철이 들기 전부터 할머니 손에 끌려 찾았던 이 절간의 옛 자취가 모두 그 바람결에 묻어나 머릿속에 그려진다. 할머니는 부처님께 치성이 대단하였다. 명절 때가 되면 먼저 미리 절에 공양을 올렸고, 아들 손주들의 생일에도 언제나 불공을 드렸다. 나는 산신각의 벽에 붙은 산신령님이 두렵고 절간 화장실의 깊은 어둠이 무서웠지만 할머니의 불공 치성에 늘 따라다녔다. 무슨 소원을 부처님께 빌었느냐고 묻는 손주에게 할머니는 언제나 자손님네 무병장수(無病長壽)하게 해주십사고 빌었다는 대답이셨다. 지금 내가 그 시절의 할머니 나이를 넘어섰는데, 나는 그저 무념무상으로 부처님 앞에 삼배를 올린다. 사개가 틀린 칠성당(七星堂) 낡은 마룻바닥에 엎드려서도 나는 할머니 모습만 떠올린다. 벽에 걸린 산신령님의 모습이 두려워 할머니 등 뒤로 바짝 붙어 가슴을 조이곤 했던 어린 손주를 지그시 끌어당기시던 할머니 모습이 눈앞에 그려진다. 세월의 무상함을 어이 탓하랴.

선림사의 좁은 경내를 벗어나 절간 아래로 높은 돌층계를 내려오면 몇 아름이 되는 늙은 느티나무가 서 있다. 내가 국민학교에 다닐 때는 봄가을로 이곳에 소풍을 왔다. 느티나무 그늘 아래 학생들이 모두 모여 학년별로 노래자랑도 하였다. 어느 해인가 내가 마침 감기를 앓는 중에 소풍날이었다. 나는 집에서 몸조리해야 한다는 어머니 말씀을 거역하고 김밥을 싸달라고 졸랐다. 애들과 함께 소풍에 따라나서자 담임선생님도 나를 걱정하였다. 점심을 먹은 후 오락 시간이 되었다. 나는 우리 반 대표로 노래자랑에 나갔다. 그런데 '소나무야, 소나무야, 언제나 푸른 네 빛……' 하고 노래를 하던 중에 기침으로 목이 막혀 소리가 나오지 않았다. 애들이 모두 나를 놀렸고, 온 천지가 웃음바다가 되었다. 나는 그만 벌컥 울음이 나왔다. 그날 소풍에서의 노래자랑은 참으로 망신스러웠다. '오늘은 우리 동자님이 왜 그리 숫기가 없으신가' 하며 주지 스님까지 내 감기를 모르노라 하는 표정이었다. 내가 느티나무 아래에서 어린 시절을 돌아보는 동안 바다를 쓸며 불어오는 바람이 다시 나뭇가지를 흔들었다.

느티나무 그늘을 벗어나 늙은 소나무 사이로 상사봉 오르는 샛길이 열려 있다. 솔바람 사이로 딱따구리 나무 찍는 소리가 들린다. 예전에는 단숨에 달려올랐던 길을 이제는 쉬엄쉬엄 기어오른다. 상사봉은 옛날 백제 시대에 도미(都彌)라는 사내가 아름다운 아내를 두고 살았던 전설이 얽힌 곳이다. 백제왕이 도미 아내의 아름다움을 취하려고 흉계를 부리지만 그 아내는 왕을 거역하고 남편이 돌아오는 날만을 기다린다. 상사봉이라는 이름에는 남편을 그리면서 간절하게 기도했다는 도미 아내의 뜻이 담겨 있다. 이 산마루에서 바다를 건너보면 은빛 물결이 금세 발목까지 차오를 듯하다. 물결을 타고 건너 이곳 산마루로 불어오는 바닷바람을 맞으면 호젓한 산사의 하나절 햇살이 더욱 서늘하다.

선림사 입구 주차장에 승용차들이 늘어서 있다. 입춘 기도에 참여하는 신도들이 꽤 많다. 나처럼 멀리 서울에서 온 차도 있다. 돌계단을 오르시는 어머니의 손을 내가 잡는다. 두어 계단을 밟고 나서는 큰 숨을 내쉬면서 멈춰 선다. 어머니의 발걸음으로는 이 계단도 힘겹다. 내가 어렸을 때는 할머니의 손을 잡은 채 따르기도 했고, 어머니의 손에 이끌려 이 계단을 올랐다. 초파일 같은 때는 동네 사람들이 모두 절을 찾았다. 이른 아침부터 절에 갈 준비로 집집이 부산하다. 할머니는 며칠 전부터 하얀 쌀을 밥상 위에 쏟아놓고 쌀에 섞인 뉘를 고르신다. 잡것이 섞인 쌀을 부처님 전에 올려서는 안 되기 때문이다. 쌀자루는 건넛집 아저씨가 지게에 짊어지고 가야 한다. 어머니는 내게 깨끗하게 빨아 손질해놓은 옷으로 갈아입힌다. 절에 가서 부처님께 무병장수를 빌어야 한단다. 나는 뜻도 모르면서 '무병장수'를 되뇌인다. 한동안 신작로를 걷고 산길을 더듬어 절간에 다다르면 거의 녹초가 된다. 대여섯 살 어린 발걸음으로 가파른 계단을 걸어 오르기 힘들다. 숨이 턱에 차오르지만 부처님 앞에서 꾀를 부릴 수는 없는 일이다. 그래서 어머니의 손에 매달린다. 등에 업히고 싶지만 그래도 참는다. 부처님 앞이니까.

그런데 이제는 내가 앞서서 어머니의 손을 잡고 호흡을 고르면서 계단을 밟고 있다. 반백년 세월이 지났다. 어머니의 손끝에 힘이 느껴지지 않는다. 나는 한 손으로 어머니 손을 잡고 다른 한 손으로는 몸을 부축한다. 어머니는 계단을 오르는데 서너 차례 멈춰 선다. 크게 숨을 돌리며 계단을 걸어올라 법당 앞마당에 이르니 기도 시중을 돌보던 보살 한 분이 살며시 웃음으로 맞는다.

"두 분 걸어 오르시는 모습 보고 서 있었어요."

나는 합장으로 답한다. 보살님이 우리를 알아보신 모양이다.

"너무 보기 좋아서요. 아드님께서 노보살님 부축하고 계단 오르시는 모습이……."

그 말에 나는 오히려 무안하다.

법당 안에는 향내가 가득하다. 오전 기도가 끝났고, 신도들 점심 공양도 끝이 났단다. 어머니와 나는 나란히 부처님 앞에 선다. 향을 지피고 큰절을 올린다. 어머니는 나보다 오히려 가볍게 삼배를 올린다. 모자의 참배가 끝나자 스님이 입춘 공양을 위해 절을 찾으신 어머니께 합장을 하며 요사채로 안내한다. 스님이 내놓으신 차를 한잔 받아들었다. 어머니는 겨우내 아들 집에서 지내신 이야기를 늘어놓으신다. 이제 날씨가 풀렸으니 내 집으로 가겠다고 생각하여 먼저 부처님 전에 절을 올리러 왔다는 말씀이다. 스님이 넌지시 웃으면서 잘 오셨다고 치하한다. 처사님 살아 계셨던 생전의 모습이 선하다며 돌아가신 아버님 이야기도 꺼낸다. 내가 아버님 떠나신 지가 올해로 벌써 십오 년이 되었다고 말하니, 스님은 살아 있는 세월이 그렇게 빠르다고 대답하신다. 어머니는 여전히 나무관세음보살이다. 스님이 얼른 이야기를 겨우내 유난히 추웠던 날씨로 돌리신다. 눈도 많이 내려서 절간 뒤뜰에 산더미같이 눈이 쌓였었단다. 큰길에서 절에 오르는 길의 눈을 제대로 치우지 못해 한동안 자동차가 오르지 못할 정도였다는 것이다. 올해는 바다도 땅도 모두가 풍년이 될 것이라고 한말씀을 덧붙인다.

"이제 보살님 그저 마음 편하게 지내셔야 하지요. 자손들 모두 장성하여 잘 지내는데 무슨 걱정 번뇌가 있겠어요. 관세음보살만 외시면 됩니다."

스님은 일주문 앞까지 우리를 전송하며 합장이다. 나도 허리를 굽히고 합장한다. 햇살이 맑은데도 바람은 제법 차갑다. 차 안에 오르신 어머니는 내게 이렇게 말씀하신다.

"부처님 전에 공양 올리고 이 길을 내려올 때는 늘 마음이 가벼워야. 내가 젊었었을 때도 그렇고 지금도 마찬가지니."

나는 대답 대신에 상사봉 줄기로 내려오는 햇살에 눈을 돌린다.

늦겨울 햇살이 골짜기에 가득하다.

산 위로 몰아오는 바람을 빼고는 봄기운도 제법 느낄 만하다.

키 작은 책꽂이

이번에도 그 키 작은 책꽂이가 문제가 되었다.

학교 연구실에 새로 책장을 들여놓았다. 여기저기 쌓아둔 책들을 책장에 정리해놓는데, 일을 도와주던 K군이 구석에 놓인 그 책꽂이를 가리켰다. 연구실 구석을 차지하고 있는 그 키 작은 책꽂이를 새 책장에 잇달아 놓기에는 아무래도 어울리지 않았다. 너무 낡고 키가 작아서 볼품도 없었다. K군은 비좁은 연구실에 자리만 차지하고 있는 그 책꽂이를 이번 기회에 내다버리는 것이 좋겠다고 생각하는 모양이었다. 새로 책장을 들여놓았으니, 낡은 그 책꽂이가 필요없지 않으냐고 내게 물었다. 나는 대답 대신 슬며시 웃고 말았다.

벌써 수 년째 이 키 작은 책꽂이가 연구실의 구석 자리를 차지하고 있다. 우리 집이 새 아파트로 이사했을 때, 집에 있던 책꽂이를 학교로 옮겨놓은 것이다. 송판으로 목공소에서 만든 것이라, 모양은 없어도 튼튼하여 책을 제법 많이 꽂아둘 수 있다.

이 키 작은 책꽂이는 내가 대학 4학년 때 만든 것이다.

나는 그때 지겹게 힘들던 가정교사 생활을 걷어치우고 방 한 칸을 얻어 자취 생활을 시작하였다. 시골 고향에서 어머니가 올라오셨다. 어머니는 아들의 자취 생활을 그래도 '서울 살림'이라고 이름 붙이셨다. 그러고는 대엿새 동안을 머무르시면서 간단한 부엌 세간을 고루 장만해주셨다. 앉은뱅이책상 하나를 중고품 가구점에서 헐값으로 사다 놓았고, 비닐로 만든 '비키니 옷장'이라는 것도 사서 방 안에 들여놓았다. 나는 정말 새살림을 차린 기분이었다.

그런데 문제는 책이었다. 책장이 없어서 모든 책을 벽에 기대어 구석에 쌓아놓아야 했다. 어쩌다가 필요한 책을 꺼내려면 책더미를 모두 헤쳐야 했고, 잠을 자다가 발길이 닿기만 하면 책들이 우루루 무너져내리기 일쑤였다. 어머니는 "공부하는 책이 소중한데, 저렇게 함부로 책을 쌓아두고 어쩌냐."고 안타까워하셨다. 나는 책장을 살 만한 돈의 여유가 닿지 않아서, 방이 좁다는 핑계로 얼버무렸다.

그해 가을, 어머니가 다시 서울 살림을 하는 아들을 보러 오셨다. 가을걷이가 끝나자마자, 어머니는 객지에서 혼자 공부하느라 고생하는 아들 걱정에 마른반찬을 장만해 가지고 올라오신 것이다. 어머니는 내가 좋아하는 인절미를 햇찹쌀로 빚어 왔다고 하시면서 떡보퉁이를 풀어놓으셨다. 그리고 보퉁이 구석에 끼워둔, 신문지로 꼬깃꼬깃 싼 것을 내게 내밀어주셨다.

"올해는 참깨 농사가 제법이었어야. 애물에 털어낸 것이 서 말이 넘었으니. 그래서 그걸 몽땅 시장에 내어 돈 샀지. 네 책꽂이 사고, 필요한 데 쓰라고 가져온 거여."

나는 까실까실한 어머니의 손을 잡고 그저 웃을 수밖에 없었다.

다음 날 어머니와 함께 가구점에 나갔다. 어머니의 말씀대로 책장을 하나 살 생각이었다. 그러나 제대로 나무판을 대어 만든 책장은 값이 너무 비싸서 어머니가 주신 돈으로는 흥정할 엄두를 낼 수가 없었다. 값이 헐한 것은 합판을 써서 햇갑고 튼튼하지 않았다. 어머니는 책장에 붙여놓은 가격표를 보시고는, 송판을 사다가 목공소에서 맞춰야겠다며 내 옆구리를 찌르셨다.

그날 우리 모자는 제재소에 찾아가서 송판을 샀고, 산동네 언덕받이의 조그만 목공소에 들러 네 칸짜리 책꽂이 두 개를 맞췄다. 닷새 뒤에 목공소에서 책꽂이를 찾아올 때까지 어머니는 내내 날짜만 헤아리고 계셨다. 송판을 대패질하고 그 위에 니스칠까지 하여 제법 모양을 낸 책꽂이가 나의 자취방으로 들어오던 날, 어머니는 몇 번이고 걸레로 책꽂이를 닦은 뒤 구석에 쌓아둔 책들을 크기대로 책꽂이에 꽂아주셨다.

"이건 생전 쓸 수 있겄다야."

어머니는 책꽂이 정리를 마치신 후 몹시도 흡족하신 표정이었다. 나는 주름살이 깊어진 어머니의 얼굴을 보면서 아무런 대답도 하지 못했다.

내가 결혼하여 신혼살림을 차리게 되었을 때 바로 이 책꽂이가 말썽이 되었다. 아내는 새로 들여온 가구들을 멋지게 늘어놓고 집 안을 정리하였다. 새집으로 실어온 나의 초라한 서울 살림 가운데 제일 먼저 앉은뱅이책상이 쓰레기장으로 쫓겨났고, 이 키 작은 책꽂이 두 개도 '버려야 할 것'으로 아내에게 찍혔다.

나는 이 책꽂이만은 그대로 쓰자고 말했다. 대학 시절에 어머니께서 처음으로 맞춰주신 책꽂이라는 말은 구차스러워서 하지 않았다. 그저 쓸 만한 물건을 버려서야 되겠느냐고 고집하였다. 마침 아내가 새로 사 온 유리문까지 달린 책장만으로는 책을 모두 꽂아둘 수 없게 되었기 때문에, 이 키 작은 책꽂이가 새 책장 옆에 자리하게 되었다. 내가 보아도 새 책장과 이 책꽂이는 서로 어울리지 않았다. 책방에 들어올 때마다 아내는 볼품없는 이 책꽂이를 몰아낼 계획을 하였다.

몇 년 뒤 우리가 새로 지은 아파트로 이사하게 되었을 때, 이 두 개의 책꽂이가 다시 문제가 되었다. 새 아파트는 방이 세 칸이나 되어서, 나는 가슴 뿌듯하게도 그럴듯한 책방을 갖게 되었다. 아내는 공부하는 남편의 책방을 여성 잡지에 나오는 명사들의 서재처럼 산뜻하게 꾸며주고 싶어했다. 많은 책을 모두 제대로 정리해두기 위해 가구점에서 책장도 몇 개를 다시 사들였다.

이삿짐을 꾸릴 때부터 아내는 버려야 할 것들에 신경을 썼다. 나는 아내 모르게 이삿짐 차 속에 그 키 작은 책꽂이 두 개를 끼어 실었다. 그러나 새 아파트에서 이삿짐을 풀자마자, 아내는 이걸 또 꾸려 왔느냐면서 아예 방에 들이지 않고 창밖 난간에 내놓았다. 이제는 그만 버리자는 것이었다. 초라하기 짝이 없는 이 키 작은 책꽂이 두 개는 내 보기에도 새 아파트에 들여놓기 어려웠다. 이번에는 나도 더 이상 이 책꽂이를 고집할 수가 없었다.

집안 정리가 대충 끝난 후, 집들이를 겸하여 시골에서 어머니도 오셨다. 새 아파트 살림을 돌아보신 어머니는 당신의 며느리를 치하하시고, 손주들과 시골 이야기를 즐기셨다. 그런데 저녁상 머리에서 나는 어머니의 표정이 예사롭지 않음을 느꼈다. 혹시 시골집에 무슨 걱정이라도 생겼나 하여 어머니께 슬쩍 여쭙기도 하였으나 아무 일도 없다는 것이었다. 진지도 별로 달게 잡수시는 것 같지 않았다.

저녁상을 물린 후 어머니는 창밖 난간으로 나가 아파트 앞 광장을 내려다보고 서 계셨다. 나도 어머니 곁에 나란히 서서 "아파트가 좋지요?" 하고 어머니의 눈치를 살폈다. 어머니는 고개만 끄덕이셨다. 그리고 한참 뒤에야 내게 나직이 말씀하셨다.

"애비야, 나 내일 일찍 내려갈란다. 저거 가지고 기차 탈 수는 없겄지야? 기차가 안 되면 용달차 대절해서라도 가져가야지."

어머니는 난간 구석에 밀쳐둔 채 쓰레기장으로 내놓지 못한 키 작은 책꽂이 두 개를 가리키셨다. 나는 그제사 어머니의 심사를 헤아릴 수 있었다. 때마침 아파트 유리창으로 황혼이 스며들기 시작했다.

나는 어머니의 손을 꼭 잡았다. 옛날 언덕받이 목공소에 송판을 사다 주고 책꽂이를 맞췄던 날이 머리를 스쳤다. 나는 어머니의 귀에 대고 이렇게 말씀드렸다.

“걱정 마세요, 어머니. 저 책꽂이는 학교 연구실로 옮길 거예요. 어머니가 제게 처음 맞춰주신 귀한 것인데 오래오래 두고 써야지요.”

이튿날 내가 용달차를 불러 책꽂이 두 개를 싣고 학교로 가려 하자, 아내는 차비가 아깝다며 나를 나무랐다. 그러나 아무 말씀도 없이 책꽂이를 걸레로 몇 번씩이나 닦아주시는 어머니의 모습에 나는 오히려 가슴이 벅찼다.

봄밤

어머니는 그해 겨울을 무사히 넘기셨다.

정월 대보름이 지나고 땅이 풀리고 바람결이 바뀌었다. 어머니는 날마다 아파트 베란다에 나가서는 햇살의 온기를 몸으로 느끼시면서 고향의 '어머니 집'으로 돌아갈 날만을 기다리셨다. 가끔은 고향마을 노인회관에 전화하여 여러 할머니의 안부도 물으셨고 당신도 곧 내려가마고 약속하셨다. 음력으로 2월에 접어들면서 어머니는 자꾸만 비워둔 고향 집 소식을 궁금해하셨다.

"박사님, 이번 주말에는 나를 집으로 데려다줘."

나는 그 말씀을 따르기로 했다. 아내는 어떻게 어머님을 다시 혼자 계시게 하려느냐고 야단이다. 나는 답답해하시는 마음을 좀 풀어드릴 겸하여 한 바퀴 고향 나들이를 하고 오자고 했다.

어머니는 노인회관 할머니들에게 전할 선물을 준비하고 싶어 하신다. 박하사탕도 큰 봉지 몇 개를 사고 믹스커피 큰 팩을 두어 개 사라고 하신다. 나는 슈퍼마켓에 가서 초코파이 큰 박스 하나, 주전부리용 사탕을 몇 봉지 고르고 믹스커피를 두 팩이나 사서 차의 트렁크에 실었다. 어머니는 작은 가방을 챙기신다. 며느리가 더 말리기 전에 빨리 떠나자는 말씀이다.

나는 어머니를 모시고 서해안고속도로를 달렸다.

광천(廣川)에서 고속도로를 빠져나와 꼬불거리는 작은 길을 십여 분쯤 달리면 천수만 끝자락 자라내(오천[鰲川]) 바다가 펼쳐졌다. 그리고 멀리 방조제 끄트머리 높은 둔덕에 새로 고쳐 세운 영보정(永保亭)이 날아갈 듯 보였다. 영보정 아래로 깎아지른 듯한 큰 바위가 강선암(降仙岩)이었다. 자라내 풍광에 반해서 하늘의 선녀가 춤추며 내려와 노닐던 곳이라고 전해왔다.

내가 집에 도착해보니 벌써 건넛집 한규네 아주머니가 보일러 불을 넣어 방 안이 따뜻했다. 어머니는 숨도 돌리기 전에 노인회관에 가신다고 한다. 나는 트렁크에 실어둔 어머니의 선물을 꺼내어 들고 뒤를 따랐다. 노인회관에 모여 계시던 할머니 대여섯 분이 모두가 반가워 일어서서 맞아주신다. 나도 덩달아 함께 웃고 할머니들이 타주시는 커피도 한 잔 받았다. 재 넘어 최씨 댁 할머니는 지난겨울에 세상을 떠났고, 어머니를 언제나 '큰언니'라고 부르던 동문턱 김씨네 할머니는 아들네가 대전으로 모셔 갔단다. 어머니 표정이 그리 밝지 않으시다.

선창가의 식당 저녁 자리에는 한규네 아주머니와 희돈이 형님 댁 이렇게 두 분을 모셨다. 아주머니는 연신 즐겁다.

"아이구, 형님. 이렇게 내려오시니 노인정이 다시 살아난 것 같네요. 거의 넉 달은 지났지요?"

"그렇지, 벌써 넉 달 하고도 닷샌지 엿샌지 되었어. 서울이 너무 답답해서 시간이 가는지 안 가는지도 잘 모르고……. 그런데 며칠 쉬고 다시 올라가야 허네."

어머니는 한규네 아주머니 손을 놓지 못한다.

"어제 박사 교수님이 전화를 했어요. 형님 내려오신다구. 그래서 집 안에 보일러 불 좀 피우라고 하더구만요."

어머니는 내 얼굴을 한번 쳐다보고는 그냥 맥없이 웃으신다.

"어머니, 귀향 축하주 한 잔 하실까요? 우리 동네 막걸리 한 병 줘요."

저녁상에는 간재미초무침에 키조개볶음 그리고 우럭매운탕을 시켰다. 나는 막걸리 한 잔을 어머니께 올린다. 두 분 아주머니들이 더 신이 났다. 간재미초무침과 키조개볶음을 어머니는 거의 드시지 못했다. 우럭매운탕을 얼큰하게 먹고 싶다고 하셨는데 진지는 몇 수저 드시지 않는다. 나는 절반도 넘게 남은 매운탕을 그릇에 담아달라고 하여 집으로 들고 왔다.

"어머니, 자 한잔 드릴까요?"

내가 부엌에서 녹차 두 잔을 내왔다.

오랜만에 모자가 둘이서 방 안에 다시 앉았다.

"한규네 아주머니가 아니었으면 보일러 불도 못 넣어서 방 안에 들어와 앉을 수도 없었겠어요."

나는 어머니 기색을 살핀다.

"냉장고에 넣어둔 김치는 희돈이네가 갖다 놓은 거라네."

어머니는 당장 내일 아침식사 걱정을 하시는 모양이다. 나는 식당에서 들고 온 매운탕을 다시 데우고 김치 있으니 되었다고 했다. 서울에서 아내가 싸준 멸치볶음과 무말랭이무침 표고버섯볶음 등도 냉장고에 넣어 두었다.

어머니는 문갑 위에 모셔둔 아버지 사진을 다시 가리킨다.

"저 어른, 날 보고 왜 이제 오느냐고 야단치시는 것 같어."

나는 어머니 말씀에 따라 웃었다. 그리고 어머니 누우시도록 이부자리를 폈다. 나도 어머니 곁에 요를 펼치고 누웠다.

"팔자소관이라는 말이 있잖어?"

어머니는 까마득한 옛날 생각을 끌어낸다. 어머니는 소학교에 다닐 때 생모가 갑자기 세상을 떠나는 바람에 다니던 학교를 그만두었다고 했다. 언문 터득하고 히라가나 가타카나 글자 겨우 익혔을 때였다. 그리고 바로 새어머니가 들어왔다. 새어머니가 남동생을 낳은 뒤 산후조리가 길어지면서 어머니는 어린 나이에 부엌일을 도맡았다. 집안은 모두 새어머니 중심으로 바뀌었다.

"아마도 새어머니 밑에서 집안 살림에 고생만 하고 있는 딸이 가여

워 빨리 시집보내려고 하셨는지도 모르지. 친정아버님이 나를 참 아끼셨는데.”

“아버지 처음 만났을 때 어떠셨는데요?”

나는 어머니의 말씀을 듣기로 한다. 아버지와 결혼하게 되었던 때의 이야기는 여러 번 들었지만 오늘 밤은 좀 유별나게 느껴진다. 나는 어머니의 표정을 살핀다. 어머니는 다시 아버지 사진을 가리킨다.

“저 양반 저렇게 늙은 사진인데도 얼굴이 훤하지 않남? 젊었을 때는 더 말할 것도 없었지. 친정 동네 이웃들이 모두 신랑 잘났다고 야단이었으니까. 그런데 시집이라고 와보니 동갑내기 새신랑은 아무것도 모르는 철없는 외동아들이었지. 그저 어느 때건 집을 떠나 도회지로 나갈 생각만 하고 있었으니까. 그런 어른 마음을 내가 잡아두기가 어려웠어.”

나는 이럴 때 무슨 이야기를 해야 할지 모른다. 내가 어렸을 때도 아버지는 정치바람에 늘 집에 계시지 않았던 생각뿐이다.

“시어른들은 장가들었으니 빨리 아들 낳으라고 이것저것 좋다는 비방을 내놓으셨어. 그 덕분인지 시집와서 삼 년이 채 되기도 전인데 다행히 애가 들어섰어. 그때가 해방되기 다섯 해 전이었으니 모두가 견디기 어려운 고된 시절이었네. 첫아들을 낳으니 집안에 큰 경사라고 난리였어. 시어른은 애기 태어나자마자 사주를 짚어보시고는 큰 인물이 될 것이라며 기뻐하셨는데 창씨개명으로 이름을 돌림자를 쓰지 못했어. 일본말 흉내를 내어 ‘대웅(大雄)’이라고 했지. 그런데 돌이

지나기도 전에 홍역에 걸려 그만 가버렸어. 하늘이 무너지는 것만 같았네. 이마가 번듯하고 콧날이 서고…… 시어른 모습도 있었지만 똑 저의 아버지 빼어닮았는데……. 천명이 그리 짧으니 사람이 그걸 어쩌겠나?”

어머니는 내게 만형이 될 뻔한 첫아들의 기억을 생생하게 불러내신다. 칠십 년에 가까운 세월이 지났지만 어머니의 가슴에 한 맺힌 사연이다.

“아들 낳았다고 그렇게 좋아했는데 아이 죽자 저 양반은 그냥 집을 나가버렸어. 도대체 어디로 갔는지 소식이 없더니 노무대인지 뭔지를 지원하였다는 거야. 그러고는 일본 나가사키 탄광으로 떠나게 되었다는 것은 짧은 편지로 알았지. 시어른은 큰 걱정을 하고 아예 시어머님은 머릴 싸매고 자리에 누우셨어. 나도 매일 울며 지냈지. 그러던 중에 시어른이 날 보고 당분간 친정에 가 있다가 연락하거든 오라고 하시는 거여. 처음에는 나를 아주 내치시는 줄 알고 그냥 슬피 울었더니 시어른이 걱정 말고 친정에 가서 좀 쉬고 오라는 거였지.”

나는 어머니의 손을 꼭 잡는다.

“그때 내가 다시 돌아오지 않았으면 이렇게 잘난 박사님을 아들로 또 낳을 수 있었겠나?”

아버지는 일본 탄광에서 일한 지 일 년이 지났을 때 큰 사고를 당했다. 석탄을 파내는 곡괭이로 장딴지를 찍는 바람에 병원으로 실려 가고 말았다. 할머니가 살아 계셨을 때 들려주셨던 이야기다. 거지

꼴을 하고는 게다짝을 끌고 절름거리면서 집으로 돌아왔다는 것이었다. 어머니는 친정 당숙 어른의 도움으로 마침 서울에 가 있었다. 종로에서 큰 포목상을 운영하던 당숙 어른이 친정으로 돌아온 어머니를 서울로 데려다가 포목상에서 함께 일할 수 있게 해주었다. 그런데 부상까지 당하고 돌아온 남편 소식을 받자마자 어머니는 바로 시골로 내려왔다. 포목상의 식구들이 모두 내려가지 말라고 말렸지만 어머니는 보따리를 쌌다.

"저 양반이 무어가 그리 좋아서 내려왔는지 몰라. 그 뒤로 해방되고…… 우리 박사님 형제를 낳고……. 고생은 했지만 산다는 것이 다 그러니까……."

"이 집에 사시면서 제일 좋았던 때가 언제였어요? 늘 고생만 하셨지만……."

어머니의 손이 차갑다.

"고생은 무슨? 이런 박사님을 내가 아들로 낳아 키웠잖어? 그때가 제일로 좋았어. 정말로 하늘에 오르는 것 같었으니."

"언제가요?"

나는 어머니 말씀이 궁금하다.

"박사님 대학 합격하던 날……."

어머니는 말을 잇지 못하며 다시 꼭 내 손을 꼭 잡으신다.

"글쎄, 자래동네 에편네들이 둘러앉아서 그랬대야. 이런 촌구석에서 혼자 공부해가지고 어떻게 서울대학에 들어가느냐고. 아무리 공부를 잘해도 안 되는 것은 안 된다고. 그 얘기를 전해듣고 너무 부아가 끓어올랐지만 나는 그냥 우리 박사님만 믿었어. 꼭 합격할 거라고."

"그런 일이 있었어요?"

"서울로 시험 보러 떠나고 난 뒤에 내가 꿈을 꾸었지. 동산에서 둥근 달이 환하게 떠오른 꿈. 너무 달빛이 곱고 환해서 숨죽이고 달을 바라보다가 깨어보니 꿈이잖어. 아하, 이건 길몽이구나 하구 아무에게도 말을 못 했네."

"정말로 좋은 꿈이었네요. 어머니 꿈 덕분에 합격했네요."

"그렇게 밤을 새우면서 열심히 했잖어? 나는 잘될 거라고 믿었지."

"나는 그때 합격 소식 듣고 덤덤했었어요. 이게 사실인가 하고. 그 우체국장님은 지금 어찌 되셨는지 모르겠네요. 새벽 눈길에 손전등을 들고 문밖에서 나를 불렀어요. 잠결에 그 소리를 얼핏 들었는데 일어나보니 누가 밖에서 나를 부르는 것이었죠. 놀라서 밖으로 나가 누구냐고 하니까 우체국장님이 큰 소리로 영민이 합격이네, 합격. 축하하네. 내가 지금 장거리 전화로 서울대학에 확인했어. 분명 합격이라고 했어, 하면서 자기 일처럼 좋아했는데……."

우리 모자는 아득한 옛날로 기억을 모으고 있었다.

"나는 누구 앞에서도 박사님 자랑을 안 했어. 아무것도 모르는 여편네들이 모두가 축하한다고 나댔지만 그냥 고맙다고 한마디 하고 말었지. 그때 가대가 기울어 살림이 제일 궁색할 때였는데 서울로 올라가 대학에 다니게 될 일이 더 큰 걱정이 되었지."

나는 어머니 말씀이 길어질 것을 생각하면서 인삼차를 끓이겠다고 직접 부엌으로 나왔다. 포트에 물을 붓고 전기 코드에 꽂았다. 어머니는 부엌에까지 따라 나오셨지만 내가 하는 모양을 그냥 지켜만 보셨다.

두 모자의 티타임은 어머니의 회고담으로 채워졌다.

"이 집에 시집을 와서 시어른 모시고 살면서 참으로 어려운 시절을 많이 겪었네. 왜정 말기에 해방이 오고, 사변 일어나고…… 그래도 나는 두 아들 내리 낳고 힘든 줄을 몰랐어. 시어른 살아 계시는 동안에는 그 엄하신 뜻을 받드느라고 아무 생각도 못 했지. 우리 바깥양반은 세상물정 모르는 분이었어. 나이 열여섯 동갑에 나와 혼인했는데 집안살림에는 뜻이 없고 늘 바깥으로 나돌으셨지. 시어른 돌아가신 후 큰 가대를 제대로 간수하지 못하였으니…… 나만 속이 터졌네."

나는 어머니 말씀이 마음 깊은 곳에서 나오는 것을 알았다. 어머니는 책장 한쪽에 작은 액자 속의 아버지 사진을 짚으신다. 우리 집 새로 지은 후 마당에서 어머니와 나란히 박으신 사진이다.

'이 어른은 복 받은 분이여. 그렇게 편하게 돌아가셨으니. 세상에 잔디밭에 앉아 돌아가셨으니까.'

어머니는 아버지가 심장마비로 세상을 떠나셨던 날을 떠올리신다.

나는 아버지가 돌아가신 것을 알지 못했다. 일본 도쿄의 메이지대학(明治大學) 초청으로 석 달간 도쿄에 가 있게 되었는데 도쿄 객사에서 아버지 돌아가신 소식을 전보로 받았었다.

"참 이 집에 사연도 많았는데…… 저 어른 혼자 놔두고 이제는 내가 서울로 가는구먼."

어머니는 문갑 위에 세워진 아버지의 영정 사진을 가리킨다.

"잠이 오지 않네."

나는 어머니 곁으로 다가가 어머니 손을 꼭 잡았다.

"저 어른 여기 혼자 두고 나는 이 집을 못 떠날 것 같은데……."

"이제 주무세요."

나는 방 안의 전등불도 끄고 자리에서 일어났다.

방문을 열고 밖으로 나와 보니 지붕 위쪽으로 가지가 벋은 모과나무 그늘이 어둡고 밤바람이 제법 써늘하다. 나는 아득하게 먼 하늘에 드뭇드뭇 박힌 별들을 헤아렸다. 우리 집, 아니 어머니의 집에 대한 나의 기억, 내가 생각해낼 수 있는 그 먼 세월의 끝까지 당겨보려고 앨 쓴다. 그러고는 가만히 속으로 불러본다.

'어머니…….'

그날 밤이 어머니와 내가 '어머니의 집'에서 보낸 마지막 밤이 되었다.

작별 인사

어머니의 병세는 점점 악화되었다.

내 누이동생이 어머니와 함께 지내겠다면서 모셔 간 지 한 달도 안 되었다. 아무래도 어머니를 병원에 입원시키는 것이 좋겠다고 한다. 밤마다 통증이 심하여 잠을 제대로 주무시지 못한다고 했다. 오래비 걱정시키지 말라고 어머니는 동생을 말리셨던 모양이다. 그러나 병환이 깊어지는 것조차 숨길 수는 없었다.

병원으로 모시던 날까지도 어머니는 당신이 병원에 입원할 정도로 아픈 것은 아니라고 했다. 그러나 의사 선생님은 내게 어머니가 참을성이 대단하시다면서 전문 간병인이 있는 노인 요양병원을 권했다. 나는 의사의 권유를 따랐다. 의사 선생님은 이제 어머님 보내드릴 준비도 하는 것이 좋겠다고 했다.

요양병원으로 옮겨오신 날 어머니는 내게 이런 말을 했다.

"박사님, 내가 부탁할 말이 있는데……."

"무슨 말씀이신데요?"

나는 어머니에게 작은 소리로 물었다.

어머니는 당신이 죽으면 화장하라는 말씀이다. 아버지 산소도 그렇고 조부모님 산소도 모두 파묘하여 화장하라고 하신다. 납골묘 하나로 만들어도 좋지만 그럴 필요없이 수목장으로 해도 좋다는 것이다. 어머니는 내 손을 꼭 쥐신다. 나는 아무 말도 못 했다. 어머니는 몸이 불편하신 듯이 얼굴을 찡그린다. 나는 고개를 숙여 어머니의 귀에다 대고 어머니가 하라는 대로 해드릴 테니 걱정 마시라고 했다.

나는 주말에 틈을 내어 고향을 찾았다. 그리고 아버지의 산소에 절하고 조부모님 나란히 누워 계신 산에도 올랐다. 전화로 약속한 대로 남포 아래 살고 있는 지관 어른이 산으로 왔다. 나는 아버지의 산소를 합장에 대비하여 석관으로 좌편을 비우고 봉분을 크게 했던 사실을 이야기했다. 그리고 어머니는 화장을 원하신다고 했다. 그랬더니 그 지관 노인이 크게 웃는다.

"요새 화장이 대세이기는 하지요. 그런데 부친 장례 때 합장묘로 준비해두었다면 아마 석관 한쪽이 지금 그냥 비어 있을 겁니다. 모친을 거기 모시는 것이 도리지요. 이렇게 산세가 수려하니 두 어른이 모두 좋아하시지 않겠습니까?"

지관 어른은 주머니에서 패철(佩鐵)을 꺼내어 방위를 살폈다. 나는 아버지 산소 앞 잔디 위에 앉았다. 멀리 천수만의 바닷물길이 왼편으로 흐르고 작은 산들이 이어지면서 아스라한 안대를 이루었다. 나는 눈을 감았다.

아버지의 장례를 치르고 49재를 선림사에서 올릴 준비를 하던 날 어머니는 당신도 한번 산에 가보고 싶다고 하셨다. 나는 어머니의 손을 잡고 천천히 부축하여드리면서 산에 올랐다. 봉분 성토한 것이 좀 커 보인다는 말씀에 나는 아버지와 어머니 집을 함께 지어드리려고 봉분을 크게 했다고 웃었다. 어머니는 옮겨 심은 뗏장이 잘 살아내야 할 텐데 하시면서 눈물을 닦으신다.

나는 적막감을 깨치려고 웃으면서 어머니께 말씀드린다.

"여기 산소 자리가 좋다고 하네요. 청룡맥이 아주 부드럽게 놀고 백호맥이 잘 벋었다고 지관이 말했어요."

"박사님도 그런 말을 믿남? 죽으면 다 없어지는데."

어머니는 더 이상 말씀을 안 하셨다.

먼산의 뻐꾸기 울음소리를 들으면서 우리 모자는 산을 내려왔다. 나는 어머니의 심사를 좀 위로해드리고 싶었다.

"어머니, 제 등에 업히실래요? 제가 어머니를 한번 업어드리고 싶은데."

어머니는 그제사 웃으신다. 그리면서 내 손을 꼭 잡으신다.

"이전에 박사님 어렸을 때 나는 박사님을 등에 업은 적이 없었네. 혹시 뒤로 넘어갈까 걱정되어 항상 가슴에 끌어안고만 있었어."

나는 그 자리에 서서 어머니와 함께 아버지 산소가 있는 산 위쪽을 올려다보았다. 솔바람 소리가 귓가에 스쳤다. 어머니는 연신 손수건으로 눈물을 닦으셨다. 그러고는 이런 말씀도 들려주셨다.

"이제는 여기 다시 올라오지 않으려고 그러네. 오늘 저 어른한테 마지막 인사를 했어. 편하게 가셨지만 가대(家垈)를 내게 맡겨두고 떠난 것이 전혀 실감이 안 되는데. 밤이면 대문간으로 어흠 하면서 들어서시는 것 같아. 이제 다시 집에는 오지 말라고 오늘 부탁을 해뒀어."

나는 어머니에게 보이지 않으려고 눈물을 몰래 훔쳤다.

아버지가 돌아가신 지 이십 년이 가깝다. 어머니가 혼자서 잘 버텨오셨다. 나는 어머니 생각에 가슴이 먹먹했다. 자리를 털고 일어나 아버지 산소에 다시 두 번 절을 올렸다. 산을 내려오면서 지관 어른은 내게 어머니의 연세를 물었다. 여든아홉이라는 나의 대답에 지관은 자식 된 도리로는 좀 섭섭하겠지만 천수를 누리신 셈이란다. 지관은 미리 이렇게 준비를 하게 되면 큰일 당해도 당황하지 않게 된다면서 자기 휴대전화 번호를 내게 알려주었다.

내가 고향을 다녀왔다는 걸 알고 동생네가 전화를 했다. 이것저것 궁금한 모양이다. 아버지 산소에 성묘도 했다고 하자 어머니 돌아가시면 정말 화장해드릴 거냐고 묻는다. 나는 어머니 뜻대로 해드려야지 하고 전화를 끊었다. 그러고는 아버지 산소를 두 분 합장을 생각하고 석관 하나를 더 만들었던 일을 다시 떠올리면서 계획대로 두 어른이 함께 계시도록 하는 것이 좋겠다고 결심했다.

어머니는 요양병원의 면회 시간에 내게 입이 자꾸 마른다고 했다. 나는 보리차 한 컵을 따라 수저로 물을 떠서 어머니의 입에 물렸다. 어머니는 아들이 고향에 다녀온 소식을 궁금해하였다. 나는 노인정의 할머니들이 모두 안부를 전했다는 말씀도 했고, 산소에도 다녀왔다고 했다. 그러고는 이렇게 말했다.

"남포 아래 지관과 함께 산소를 둘러보고 왔어요. 아버지 산소를 두 분 합장할 것으로 생각하여 석관도 하나 더 만들어 넣었던 것을 아시지요? 당초 계획대로 어머니도 아버지 곁에 계시도록 해야겠다고 지관 어른에게 상의를 했더니 잘 생각했다고 하더군요."

어머니는 아무 말씀도 하지 않으신다.

그날 밤 동생네가 또 전화로 어머니 말씀을 전한다.

"오빠, 어머니를 아버지 곁에 계시도록 합장해드릴 거라고 하셨어요? 어머니가 엄청 좋아하시네요. 오빠가 지관까지 데리고 산소를 둘러보고 왔다면서."

어머니는 그 뒤 보름 만에 세상을 떠나셨다. 아침에 학교로 출근하려고 준비하던 중인데 오늘 넘기시기 어려울 것이라며 동생이 내게 전화를 해왔다. 병원으로 달려갔다. 나는 가쁘게 숨을 몰아쉬고 있는 어머니의 손을 붙잡고 '어머니' 하고 불렀다.

어머니는 잠깐 눈을 뜨는 것 같았다.

어머니의 손에 아무 힘이 느껴지지 않았다. 따스한 온기도 느낄 수 가 없었다.

그러고는 어머니의 눈이 스르르 감기는 듯했다.

나는 다시 어머니의 눈빛을 보지 못했다.

어머니께 편히 잠드시라는 말씀도 드리지 못했다.

다시 뵙자고 하지도 못했다.

이런 식으로 어머니와 작별해서는 안 된다고 생각하면서도 아무것도 할 수 없었다.

나는 어머니의 손을 꼭 잡고 흔들었다.

울음이 터졌다.

2부

선달그믐날

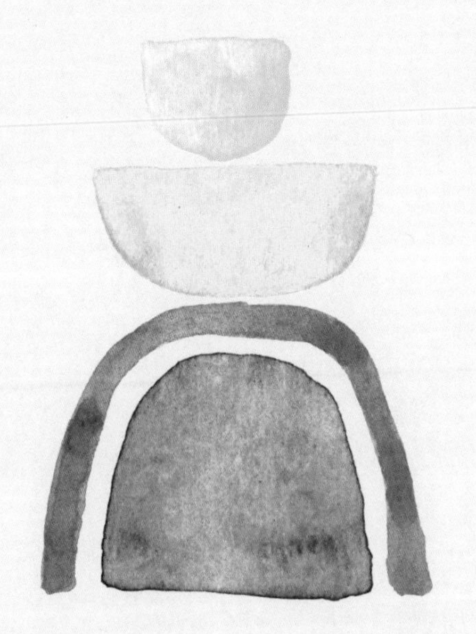

할아버지와 감나무

"감나무 가지를 왜 저렇게 잘라내셨어요?"

나는 집에 들어서자마자 어머니께 물었다.

차가 농협 창고 앞을 지나면 멀리 우리 집 뒤뜰 감나무가 눈에 들어왔다. 감나무가 덩치도 크고 가지도 무성했다. 여름이면 푸른 감잎이 햇살에 반짝였고, 가을이 되면 발갛게 익어가는 감들이 가지에 다닥다닥 달린 모습이 늘 보기 좋았다. 그런데 감나무 가지가 모두 잘려 커다란 고목을 세워둔 것처럼 볼품이 없어졌다.

"아랫집 둘째가 전기톱으로 베어냈어."

어머니는 무심하게 대답했다.

"나무를 너무 흉하게 잘랐네요."

내가 어머니께 절을 올리면서 또 감나무 이야기를 꺼내자 어머니는 그때서야 나의 표정을 읽으시고는 이렇게 말씀하신다.

"박사님 내려오면 야단하겠다고 속으로 걱정을 했지. 그런데 작년

가을에 내가 감잎이 너무 많이 떨어져 뒤뜰 청소하기 어렵다고 불평을 좀 했더니 할매들이 모두 가지를 쳐주라는구먼. 그러면 금방 새순이 돋아 자라고 감도 새로 자란 가지에서 크게 열린다는 거여. 저 높은 꼭대기에 달린 감은 하나도 따지 못하잖어."

"그래도 새로 가지가 자라나 감이 열리려면 몇 년은 더 기다려야 할 텐데요. 그렇게 크게 당당하게 서 있던 나무를 너무 볼품이 없이 잘랐네요."

내가 심드렁하게 답을 하니 어머니는 더 말씀하지 않았다.

어머니 말씀이 옳기는 하였지만 나는 뒤뜰에 높다랗게 자라난 감나무의 모양만 따졌다. 그 무성하던 가지를 모두 쳐내어 몸통만 덜렁하니 커다란 장승처럼 서 있는 꼴이 마음에 걸렸다. 어머니는 오랜만에 고향 나들이를 한 아들의 퉁명스런 목소리가 마음에 걸리신 모양이었다. 잠자코 부엌으로 나갔다가 쑥범벅을 대접에 담아 내오신다.

"노인정에서들 한번 해 먹어보자고 하여 만든 건데 맛이 괜찮네."

어머니는 내 아내와 손주들의 안부가 궁금하시다. 그러면서도 나를 달래시는 말씀이다.

"둘째네 마당가에도 큰 감나무 하나 있었잖어? 그것도 웃자란 가지를 모두 잘라냈는데 새로 가지가 자라나더니 지난가을에는 제법 감이 크게 많이 열렸는데." 하면서 아들 눈치를 살피신다.

감나무에 처음으로 감이 열린 것이 내가 중학교에 입학한 해였다.

배감나무라고 내게 말씀을 해주셨던 할아버지가 돌아가신 지 여러 해가 지난 뒤였다. 감도 내 어린 주먹만큼 크고, 누런빛이 둘러지면 단맛이 들었다. 추석 차례상에 그 감을 따서 정성껏 올리시는 할머니 모습을 보면서 나는 마음속으로 할아버지를 생각했다. 할아버지가 그 감나무의 임자였다.

할아버지는 네 살 난 손주의 손을 꼭 잡고 어린 손주의 궁금증을 달래면서 이렇게 말씀하셨다.

"우리 손자, 나중에 크면 이 감나무에서 감을 많이 따 먹을 거여."

나는 할아버지 말씀보다는 잘라낸 고욤나무 그루터기에 감나무 가지를 꽂아 넣고 황토흙을 발라놓은 뒤 깨진 옹기 항아리를 덮어놓은 것이 궁금했다.

우리 집 뒤뜰 가장자리에 고염나무가 여러 그루 서 있었다. 그중에 할아버지 키보다도 더 큰 고염나무에는 고염이 닥지닥지 열렸다. 늦가을 서리가 내릴 무렵에 누렇게 익은 고염을 따서 깨끗하게 닦아 물기를 말린 후 항아리에 담아두는 것은 할머니의 일이었다. 어린 내가 고염 생각을 모두 잊어버렸을 즈음 한겨울밤에 할머니는 그 항아리를 열고는 잘 익어 엿처럼 서로 엉겨 붙은 고염을 퍼내어 숟가락으로 한 입을 물려주셨다.

그런데 이른 봄날 할아버지가 나에게 건넛집 재호 아저씨를 불러오라고 심부름을 시키신다. 나는 재호 아저씨를 찾았다. 할아버지가 건너오시란다고 했다. 재호 아저씨는 혼잣말로 "오늘 어르신께서 감나무 접을 붙이신다고 하셨어." 하면서 내 손을 잡아주셨다. 나는 그 말에 호기심이 발동했다. 접붙이는 것이 무어냐고 묻는다. 고염나무에다가 감나무 가지를 꽂아두는 것이라고 아저씨가 대답한다. 왜요? 하고 내가 다시 묻는다. 거기서 감이 많이 열리라고 그런단다. 나는 더욱 궁금하다.

바람도 없이 포근한 봄날이다. 아직 나뭇가지에 움이 트기 전이지만 산골짜기에는 아지랑이가 피어오르고 집 담장 밑으로 노랗게 피었던 수선화가 한물 지날 무렵이다. 할아버지는 재호 아저씨에게 최 주사 댁 배감나무에서 작년에 나와 자라난 잔가지를 잘라내어 가져오라고 명하신다. 무명 보자기에 물을 축여 내주시면서 가지를 잘라내자마자 햇빛에 마르지 않게 바로 조심하여 그 보자기에 싸가지고 와야 한다고 말씀하신다.

나는 재호 아저씨가 최 주사 댁 배감나무 가지를 잘라내어 오기를 기다리면서 할아버지와 계속 문답법이다.

"할아버지, 감나무 접붙이는 게 무어예요?"

"고염나무 가지에 감나무 가지를 붙여놓는 거란다. 감나무 순이 거기서 자라면서 큰 감나무가 된단다."

"왜 고염나무에 접을 붙여요?"

"고염나무에 접을 붙여야 감나무 가지가 잘 살아난다."

"그냥 감나무를 심으면 되지 않아요?"

"그냥 감나무 심는 것보다 접을 붙이면 감나무가 더 잘 자란단다."

"그럼 할아버지, 석류나무도 접붙여요? 앵두나무는요?"

"석류나무나 앵두나무는 뿌리가 달린 곁가지를 떼어내어 옮겨 심으면 된다. 접을 붙이지 않아도 되지."

"그럼 감나무도 곁가지를 옮겨 심으면 되지 않아요?"

"감나무는 곁가지가 잘 자라나지 않는다."

할아버지는 황토흙을 물에 개어놓고 베 헝겊을 준비해놓으신다. 그리고 마당 구석에 두었던 귀가 떨어진 옹기 항아리도 챙겨놓으신다.

재호 아저씨가 무명 보자기에 보물이라도 싸서 가져오듯이 배감나무 가지를 잘라 정성껏 들고 왔다. 아저씨는 작은 손칼을 날이 시퍼렇게 숫돌에 갈았다. 할아버지가 재호 아저씨와 함께 뒤뜰로 가시는 뒤를 나도 따랐다. 할아버지는 손에 짚고 계신 지팡이 정도로 굵게 자라난 고염나무 가지를 가리키신다. 여기 있는 이것으로 하자. 저쪽 구석에 서 있는 저 가지가 실해 보인다. 그리고 저기 돌더미 아래 있는 가지도 좋다. 재호 아저씨는 할아버지가 정해놓는 고염나무 아래로 깨진 옹기 항아리를 옮겨놓고 이렇게 묻는다.

"어르신, 이 가지부터 자를까요?"

할아버지는 고염나무를 자르기 전에 보자기에 싸놓은 배감나무 가지를 먼저 손칼로 잘라냈다. 그리고 고염나무를 잘라낸 그루터기에 예리하게 칼집을 내었고 그 자리에 감나무 작은 가지 자른 것을 깎아 키워 넣는다. 마지막 작업은 청올치 오라기로 고염나무 그루터기와 감나무 가지를 함께 칭칭 동여매는 일이었다. 할아버지는 재호 아저씨에게 황토흙을 이긴 덩어리를 그 자리에 두껍게 바르게 하였고, 작은 감나무 가지만 바깥으로 삐죽 나오도록 하였다. 그런 다음에 깨어진 옹기 항아리로 그 자리를 덮었다.

모두 다섯 군데 고염나무를 잘라내고 감나무 접붙이는 작업이 한나절 동안 이어졌다.

“다 잘 끝냈다. 이제 한 달은 지나야 감나무에서 싹이 나올 테지.”

나는 궁금한 일이 한두 가지가 아니었지만, 할아버지의 손놀림과 연신 콧등을 문지르면서 할아버지를 돕고 있는 재호 아저씨를 숨죽인 채 지켜보아야만 하였다.

“우리 손주가 오늘 큰일 했다. 이 감나무에 감이 열리면 많이 따 먹어라.”

할아버지는 내 손을 꼭 잡고 이렇게 말씀하셨지만 나는 그럴 날이 언제일지 생각할 수 조차 없었다.

할아버지 말씀대로 접을 붙인 네 군데에서 감나무 새싹이 돋아나 자랐다. 나머지 돌더미 아래 한 군데에서는 싹이 올라오지 않았다. 내가 너무나 궁금해서 몰래 옹기 항아리를 열어보았던 자리였다. 할아버지가 아시면 야단을 맞을 것이 걱정되어 나는 아무 말도 못 하고 말라 죽은 감나무 가지에만 미안했다.

뒤뜰 고염나무에 접붙인 감나무 네 그루가 내 키보다 훨씬 자라났을 때 할아버지는 감이 제대로 열리는 것은 보지도 못하고 세상을 떠나셨다. 초등학교 3학년 때였다. 무슨 일인지 늘 밖으로만 나다시던 아버지는 할아버지 임종을 지켜보지 못했다. 나는 할아버지가 운명하시던 순간을 어린 눈으로 확인했다. 그러고는 여러 날을 밤만 되면 공포에 떨어야 했다. 할아버지가 돌아가신 밤에 우리 지붕 위로 커다란 불덩어리가 하늘로 올라갔다고 그게 할아버지 혼불이었다고 동네 아주머니네들이 수군대는 말을 듣고는 밤에 바깥에 나가는 것조차 겁이 났다. 저녁만 되면 나는 할머니 가슴에 파고들어 무서움을 달래야 했다.

우리 집 감나무에 감꽃이 피기 시작한 것은 내가 중학생이 되어서였다. 나는 연노란 감꽃이 풀잎 위로 떨어진 것을 주워다가 실에 꿰어 내 여동생에게 감꽃 목걸이를 만들어주기도 했다. 감나무 밑에 가면 할아버지의 헛기침 소리가 들리는 듯했다. 하얀 수염을 쓰다듬으면서 할아버지가 거기 서 계시는 것처럼 생각되기도 하였다. 그리고 가을이 되면 감 풍년이었다. 내 주먹만 한 감이 주렁주렁 열렸다. 추석 차례상에 올릴 감은 내가 감나무에서 누릇누릇 빛이 두른 것으로 골라 땄다. 늦가을에 감을 따서 곶감을 만드는 것은 할머니였다. 조상님네 제사상에 올릴 거라면서 정성을 드렸다.

나는 뒤뜰을 한 바퀴 돌아보면서 볼품없이 잘려나간 감나무에 마음이 쓰였다. 벌써 반백년이 지났다. 어린 손주가 지켜보는 가운데 고염나무에 감나무 접을 붙이시던 할아버지도 거기 열린 감을 따서 곶감을 만들었던 할머니도 이 세상을 모두 떠나셨다. 그동안 감나무들은 뒤뜰에서 나란히 서서 하늘을 가릴 정도로 크게 자랐다.

'이 감나무에 감이 열리면 많이 따 먹어라.' 하고 말씀하시던 할아버지의 목소리가 지금도 들리는 것만 같다.

나는 먼 하늘 끝을 쳐다본다.

천자문

할아버지는 그 봄에 나를 마을 서당 최 생원 댁에 맡겼다.

집에서 늘 나와 함께 놀아주던 언니가 학교에 입학했다. 언니는 나보다 두 살 위였다. 새로 운동화도 신고 앞가슴에 이름표도 달고 언니는 아침이면 신이 나서 학교로 줄달음질을 쳤다. 나는 언니를 따라 학교에 가겠다고 매일 아침 투정을 부렸다. 큰 소리로 울음을 터뜨리기도 했고, 아침밥을 먹지 않는 시위도 하면서 학교에 보내달라고 떼를 썼다. 식구들이 누구도 나의 고집과 투정을 어찌하지 못하자, 할아버지가 이렇게 말씀하셨다.

"둘째가 글공부할 나이가 되었다. 이전 같으면 관례 치를 나이지. 학교를 그렇게 가고 싶어 하니 내게 맡겨라."

나는 할아버지가 내 편을 들어주시는 것으로 알았다. 내 손을 이끌고 학교에 함께 가시려나 보다 하고 나는 속으로 신이 났다. 할아버지가 의관을 내오도록 명하셨다. 할머니가 내오신 두루마기를 입으시고 갓까지 쓰셨다. 그런데 내 손을 꼭 잡고 집을 나선 할아버지가 엉뚱하게도 학교 대신 최 생원 댁 서당으로 가시는 것이었다. 한문 공부를 하러 다니는 이웃 동네 떠꺼머리 총각 다섯이 둘러앉아 붓글씨에 열중하다가 일어나 할아버지께 인사를 올린다. 책보자기를 둘둘 말아 들고 매일 솟재고개를 넘어 서당으로 나오는 총각들이 무슨 공부를 하는지 나는 늘 궁금했다. 나는 할아버지 곁에 바짝 다가앉았다.

"얘가 좀 낯들어서…… 그런데 아주 총명해. 문자를 터득하면 금방 따라갈 걸세. 생원이 좀 맡아서 학교 가기 전에 천자문이라도 읽을 수 있게 해주시게나."

할아버지는 하얀 수염을 한번 쓰다듬고는 나를 앞자리로 끌어 세우셨다. 훈장 어른께 큰절을 올리라는 것이었다. 나는 서당 훈장님 얼굴도 제대로 쳐다보지 못하면서 절을 했다. 서당 훈장 최 생원은 내게 손가락을 한번 폈다 오무렸다 해보라고 명하였다. 나는 훈장님 앞에서 무릎을 꿇고 두 손을 내밀고 손가락을 폈다 오무렸다를 반복했다.

"그 정도면 붓대는 제대로 잡을 수 있겠다."

나는 상투 머리에 망건만 쓰고 있는 훈장 어른 앞에서 눈만 말똥거리면서 침을 꼴깍 삼켰다.

다음 날부터 나는 할아버지가 명하신 대로 서당을 다녀야만 했다.

언니가 학교 가는 길을 따라가다가 갈림길에서 나 혼자 서당으로 달음질을 쳤다. 나는 할아버지의 명을 거역할 수 없었다. 할아버지 말씀은 집안에서 누구도 거역해서는 안 된다. 동네 사람들도 모두 우리 할아버지를 호랑이 할아버지라고 했다. 마을 공동으로 사용하는 우물에서 누가 채소를 씻거나 혹시 수건이라도 빠는 모습을 우리 할아버지는 그대로 넘기시는 법이 없었다. 불호령을 하고 다시는 그런 잘못을 않겠다고 빌어야만 용서가 되었다.

서당에는 언제나 내가 제일 먼저 도착했다. 훈장님은 내게 커다란 벼루에 물을 담아 먹을 갈아놓도록 명하였다.

"먹은 절대로 손에 힘을 주면 안 된다. 먹물이 손가락에 묻어도 안 되느니라. 천천히 갈아야 한다."

나는 훈장님 말씀대로 도저히 따를 수가 없었다. 힘을 주지 말고 천천히 어떻게 먹을 갈 수 있는지……. 천천히 힘을 주지 않고…… 천천히 힘을 주지 않고…… 그러다가 나는 먹을 벼루에 힘껏 밀었다. 그러면 먹물이 손가락을 온통 까맣게 물들였다. 내가 먹 가는 일에 혼자 열중일 때 솟재고개 너머 마을 총각들이 서당으로 들어서곤 했다. 그 총각들은 "오늘도 손가락에 먹물을 그렇게 묻혔으니 훈장님한테 혼나겠네." 하고 놀려댔다. 훈장님이 사랑으로 나오시면 공부가 시작되었다.

"영민이 오늘도 먹을 잘 갈았느냐?"

"예에."

"손에 먹을 묻히지 않았느냐?"

나는 대답을 못 했다.

그러면 훈장님은 "내일도 아침에 오면 또 먹을 갈아야 한다." 하고는 내 손을 검사하지는 않았다. 나는 참으로 갑갑했다. 그리고 떠꺼머리 총각들 틈에 앉아 날마다 먹을 가는 이런 일을 명하신 훈장님이 미웠다. 하지만 그런 내색도 하지 못했다. 훈장님은 내게 아무것도 가르치지 않았다. 나는 혼자서 자리에 엎드려 신문지 위에 붓으로 그림을 그리기도 했고, 이제 막 터득한 한글로 내 이름자를 써내려가곤 했다. 그리고 언니와 누님의 이름을 쓰고 대한민국 만세라고 적었다. 그러면 어느덧 정오가 되었다. 내 공부도 그 시간이면 끝이 났다. 총각네들은 자리에 앉아 책을 그대로 소리를 내어 읽고 읽었던 부분을 다시 눈을 감고 외었다. 책 읽는 소리가 마을 멀리까지 낭랑하게 퍼졌다. 나는 공부가 끝나면 집으로 달려오곤 했다. 사랑방에 계신 할아버지께 "서당에 잘 다녀왔습니다." 하고 인사를 드리고 나서는 온통 내 세상이었다.

나는 하루하루 서당 공부에 조금씩 재미를 붙였다. 훈장님 앞에 쭈그리고 앉은 총각들은 나이가 열여섯, 열일곱이나 된다고 했다. 하지만 내 눈에는 건넛집 재호 아저씨처럼 보일 정도로 덩치가 모두 컸다. 그들은 날마다 서로 나를 자기 곁에 앉히려고 했다. 가끔 솟재를 넘어오면서 풀섶에서 잡았다며 산새 새끼도 주머니에서 꺼내어 내게 주기도 했는데 나는 그걸 서당 대청마루에서 나와 대숲에 가만히 놓아주었다. 어미새가 찾으러 올 것이라고 믿었다. 풀무치나 여치를 잡아 호박꽃 속에 담아 오기도 했다. 그리고 내게 그걸 보여주었다. 나는 너무나 신기했다. 가을에는 알밤을 주머니에 가득 담아 오기도 했다. 고개 마루턱에 서 있는 밤나무에 알암이 벌었다고 했다.

총각네들이 내 환심을 사기 위해 서로 다투게 된 것은 우리 누님 때문이었다. 새 새끼를 잡아가지고 오거나 여치를 잡아다 줄 때마다 이들이 내게 꼭 한마디를 요구했다. 자기한테 '매형님'이라고 한번 불러보라는 것이었다. 하지만 나는 절대로 그럴 수가 없었다. 우리 달 같은 누님을 감히 넘보는 것을 용서할 수 없었다. 그때마다 나는 훈장님을 동원해야 했다. 그리고 '매형님'이라고 불러보라고 나를 놀린다는 사실을 그대로 일러바쳤다. 훈장님은 껄껄 웃으시면서 '매형은 아니다. 하지만 그래도 윗사람이니까 형님이라 불러라.' 하시며 나를 달래셨다.

내가 한문 공부를 시작한 것은 먹 가는 일을 끝내면서였다. 거의 한 달 정도는 매일 먹을 갈아놓게 하고 내가 하고 싶은 대로 내버려 두시던 훈장님이 하루는 책을 한 권 내 앞에 내놓으셨다.

"이 책이 오늘부터 네가 공부할 천자문(千字文)이다. 글공부는 예서부터 시작하는 것이니 잘 따라야 한다."

첫 장에 써놓은 한자 아래 '하늘 천, 따 지, 감을 현, 누루 황'이라는 한글은 내가 읽을 수 있었다. 내가 혼잣말처럼 '하늘 천, 따 지' 하고 읽어 내려가자 훈장님은 아주 기뻐하시면서 나를 칭찬해주셨다.

"네 조부 어른께서 총명하다고 말씀했는데, 이제 보니 배울 것도 없구나. 여기 써 있는 대로 읽으면서 외우거라. 한문 글자를 눈여겨 보면서 그대로 외워야 한다."

나는 그날부터 천자문 책을 읽고 외우기 시작했다. 한 장을 다 외우고 나면 훈장님이 신문지에 한자를 크게 써놓고 내게 물으신다. 나는 그 글자들을 '넓을 홍' '별 진' 하면서 읽었다. 이런 식의 천자문 공부에 나는 날마다 신이 났다. 학교에 다니는 언니는 전혀 배우지 않는 어려운 글자를 나는 매일 몇 자씩 익혀가기 시작했다.

나는 여섯 달도 지나지 않았을 때 천자문 한 권을 달달 욀 수 있게 되었다. 글자 한 자 한 자를 모두 그 뜻을 깨쳐 알았을 리는 없는데도 서당의 훈장님은 "장하고 장하다." 하면서 연신 나를 추켜세웠다. 그러고는 할아버지께 나의 '장한 모습'을 자랑해주었다.

그날 할아버지는 서당 글공부 마치고 나오는 나를 마중하러 오셔서는 "내 등에 업혀라." 하고 나를 업으셨다. 나는 뻗대면서 등에서 내려오려고 했지만, 할아버지는 나를 업고 언니가 다니는 학교 앞까지 그대로 가시는 거였다.

"할아버지, 나 내릴 테야."

나는 누가 나를 알아볼까 봐 할아버지의 등에 얼굴을 파묻고 내리겠다고 떼를 썼다.

"저기 오 송방까지 가자. 너 좋아하는 '오꼬시'와 눈깔사탕을 사주마."

오 송방 앞으로 가니 벌써 가게 앞에 오 송방이 나와 섰다.

"어르신네, 다 큰 손주를 왜 등에 업고 오셨나요? 어디 아픈가요?"

오 송방이 내 동정을 살피면서 묻는다.

"아닐세. 오늘 우리 손자가 장한 일을 했네. 여섯 살밖에 안 된 것이 벌써 천자문 한 권을 다 깨쳤어. 서당 글공부를 시켰더니 일취월장이야."

나는 할아버지의 등에서 내렸다. 오 송방은 할아버지가 시키는 대로 내가 늘 먹고 싶어하던 '오꼬시'와 눈깔사탕을 한 봉지씩 내 손에 쥐여준다.

"영민이가 오늘 책거리를 푸지게 하는 셈이네. 좋겠다. 내 앞에서도 한번 천자문 외워봐."

나는 사양하지 않고 냅다 소리를 질렀다. "천지현황하고……."

집에 돌아오자 할아버지는 부엌에서 찬거리를 만들던 어머니를 대청마루 끝으로 불러내 또 내 칭찬을 하셨다.

"에미야, 우리 집에 드디어 문장이 하나 났구나. 아니, 저 어린 게 단번에 천자문 한 권을 앉은자리에서 외운다. 대이공(大而公)께서 대과 급제하고 춘추관에 내직을 맡아 일하시다가 이곳 남포(藍浦) 현감으로 내려오신 것이 이백 년이 훨씬 지났지……."

"아버님, 약상 준비할까요?"

어머니는 내 이야기에 관심이 없는 듯이 어서 부엌으로 들어갈 자세다.

"그래라. 오호, 장한지고, 내 손주."

나는 어른들의 이야기는 관심이 없고 눈깔사탕을 언니와 동생이 모르게 어디 감출까 골몰한다. 할머니가 모시 나르시던 일을 거두고 조손이 함께 서 있는 대청으로 나오신다. 나는 얼른 눈깔사탕 하나를 할머니 입에 넣어드린다.

나의 서당 글공부는 초등학교(당시는 국민학교라고 함) 입학한 뒤 두어 달 지나서야 끝났다. 천자문을 끝낸 뒤에 한문 공부는 『동몽선습(童蒙先習)』까지 이어졌는데 그것은 별로 재미를 느끼지 못했다. 『동몽선습』의 첫 구절인 '천지지간 만물지중에 유인이 최귀하니 소귀호인자는 이기유오륜야니라(天地之間 萬物之衆에 惟人이 最貴하니 所貴乎人者는 以其有五倫也니라)'를 수없이 읽었지만 '천지간에 있는 만물의 무리 중에서 오직 사람이 가장 존귀하니, 사람을 존귀하게 여기는 까닭은 오륜을 가지고 있기 때문이라.'는 뜻이 머리에 들어오지 않는다. 나는 곁에 앉아 『논어(論語)』를 큰 소리로 읽어가는 총각들에게 장난을 걸고 새 새끼를 또 잡아다 달라고 조르는 것에 더 열중이었다.

내가 초등학교에 입학한 후 할아버지는 이제 서당에 가지 않아도 된다고 했다. 사실 나는 여러 차례 서당 공부 그만하게 해달라고 할머니를 졸랐다. 할아버지가 할머니의 말을 들어주셨는지 모른다.

"오늘까지만 가거라. 서당 훈장님께 큰절 하고 오너라. 내일부터 서당에 가지 않아도 된다. 대신에 학교 선생님들 말씀 잘 따르거라."

나는 거의 두 해 동안 드나들던 서당에서 벗어났다. 떠꺼머리 총각들이 서로 내 머리를 쓰다듬으면서 '매형을 잊지 마라.' 하고 말했지만 나는 그런 말이 귀에 들어오지 않았다.

구멍 난 병풍

"둘째가 학교엘 들어가더니 너무 덤벙대는구나. 에미가 혼 좀 내고 잘 타일러라."

할아버지는 내 장난과 말썽을 여러 차례 꾸중했다. 그래도 말을 듣지 않을 때는 어머니께 훈시를 내렸다. 하지만 나의 장난 짓은 끝이 없었다. 할아버지는 내 학교 공부에 별로 관심을 두지 않으셨다. 단박에 국어책을 달달 욀 정도가 되어도 할아버지는 '우리 손주 장하다.'는 말씀을 하지 않았다. 오히려 늘 까불며 시끄러운 나를 걱정하셨다.

마을에 새로 시장터가 열리고 닷새 만에 한 번씩 크게 장이 섰다. 시장터 주변에 새로 이사 온 사람들도 생겨서 이전의 동네와는 사뭇 다르게 사람들이 늘어났다. 학교에 다니면서 내게도 새로운 동무가 많이 생겼다. 나는 시장터에 사는 쪼무래기 동무들과 어울려 마을 구석구석을 쏘다녔다. 수영의 성문턱에 올라 이순신 장군 노릇도 해야 했고 학교 운동장에서 팽이도 돌려야 했다. 산비탈을 달리면서 활쏘기에도 신이 났다.

할아버지는 바깥출입을 끝내고 집 안에 들어오시면 '에잇, 상놈들의 세상이야.' 하면서 나를 불러들였다. 그리고 이렇게 말씀하신다.

"자래 시장터 근처 애들하고는 어울려 다니면서 놀지 말아라. 상것들의 자식들이라서 예의범절이 하나도 없다."

나는 건성으로 대답하고는 바깥으로 내달았다.

할아버지가 나에게 회초리를 들었던 것은 내 어처구니없는 장난 때문이었다. 지금도 할아버지한테 회초리를 맞던 생각이 난다. 내가 저지른 철없는 짓을 잊을 수 없다.

추석을 앞둔 어느 초가을 날이었다.

할아버지가 해청에 있는 윗대 할아버지 산소의 벌초하는 것을 돌아보고 산지기네에 지시할 일이 있어서 아침 일찍 집을 나가셨다. 나는 학교가 파하자 동무들을 끌고 집에 들어왔다. 어머니도 이웃에 가셨고 할머니는 할아버지 안 계신 틈에 왕고모 할머니 댁에 가셨다. 어린 여동생 둘이서 집마당에 앉아 공깃돌 놀이를 하고 있었다. 집 안은 온통 내 차지가 되었다. 동무들을 할아버지가 쓰시는 사랑방으로 끌어들였다.

동무들은 모두가 할아버지의 사랑방을 신기해하였다. 할아버지의 방 아랫목에 펼쳐져 있는 오래된 병풍 그림을 구경하다가 할아버지가 쓰시는 곰방대에 흥미를 느꼈다. 서로 잡아 들어 입에 무는 시늉도 해 보이고 할아버지가 쓰시는 궤상 위로 올라서 보기도 했다.

방 한쪽 구석에 놓여 있는 둥그런 통을 들어보이면서 내게 "이건 뭐냐?" 하고 묻는다.

"갓집이지. 할아버지 머리에 쓰시는 갓을 보관하는 통."

물론 갓은 할아버지가 의관 정제하시고 출타하셨으니 통 안은 비어 있었다.

"그런데 이 그림 속에는 꽃게도 그려져 있네."

"아, 세 마리나 그렸네."

이번에는 동무들 관심이 모두 병풍 그림에 꽂혔다.

누가 먼저 그런 생각을 했는지 우리는 방구석에 서서 할아버지 곰방대를 던져 병풍에 그려진 게 그림을 맞추기로 했다. 모두가 한 순번을 돌아가면서 서로 '내가 맞췄다'를 외쳤는데 나중에 보니 병풍 그림에 여러 곳 구멍이 생겨버렸다. 나는 그제서야 일이 크게 잘못된 것을 알아차렸다.

"나가자. 큰일났다. 병풍에 구멍이 뚫렸어."

나는 열두 폭으로 펼쳐진 병풍 그림 가운데 구멍이 서너 군데 생겨난 그림을 다른 폭으로 감추어 살짝 겹쳐놓았다. 구멍이 생긴 병풍 그림이 감쪽같이 사라졌다. 그렇게 감출 수 있다는 것이 다행이었다.

그날 저물녘에 할아버지가 돌아오셨다.

나는 할아버지께 큰절을 했다. 잘 다녀오셨느냐는 뜻이었다. 어른이 먼길을 다녀오시면 반드시 큰절로 인사를 올려야 한다는 것은 할아버지의 가르침이었다. 그날 저녁상 머리에서 할아버지는 해청 산소의 산지기가 너무 게을러서 산소에 오르는 길에 억새가 키만큼 자라났다고 혼잣말처럼 뇌까리셨다. 나는 할아버지가 제발 병풍에 생겨난 구멍을 눈치채지 않기를 바랬다.

다음 날 학교에서 돌아오자 할아버지는 나를 사랑방으로 불러들였다. 할아버지 연상 옆에 가느다란 싸리나무 회초리가 놓인 것을 보았다.

"바짓가랑이를 걷어 올려라."

할아버지는 아무 설명도 없이 조용히 나를 일으켜 세웠다.

나는 벌써 울음이 터져나올 지경이 되었다.

"다섯까지 세어라."

할아버지는 내 종아리를 회초리로 때렸다.

"하나."

"네가 왜 종아리를 맞는지 알겠느냐?"

나는 대답 대신 울음을 터트렸다.

"울음을 그쳐라."

할아버지는 아주 엄한 표정이셨다. 나는 그만 할아버지의 무서운 표정에 단박에 주눅이 들었다. 내 울음이 아무 효과가 없었다. 할아버지는 하얗게 긴 수염을 한번 손으로 쓰다듬으시고는 다시 회초리를 드신다.

“다시 세거라.”

“둘.”

“네가 왜 종아리를 맞는지 말해라.”

“병풍에…… 구, 구…… 구멍을 냈어요.”

내 대답이 끝나기도 전에 할아버지는 다시 내 종아리를 내리치신다. 나는 간신히 ‘셋’을 헤아린다.

“네가 정말로 잘못한 것을 모르는구나. 계속 세거라.”

“넷.”

“다섯.”

‘다섯’을 세고서 나의 울음이 크게 터졌다.

할머니가 방 안으로 들어오시면서 손주가 아파하는 모습을 안쓰러워하신다.

“빨리 할아버지께 용서를 빌어라. 울음은 그치고.”

할머니도 이번에는 나를 감싸주시지 않는다.

나는 할아버지 앞에 무릎을 꿇고 앉았다.

할아버지는 연상 위의 회초리를 두 토막으로 자르셨다.

“내 이야기를 잘 들어라. 장난을 치다가 병풍에 구멍을 낸 것은 큰 잘못이 아니야. 그건 다시 배접하여 메꿀 수가 있나.”

나는 할아버지 말씀에 깜짝 놀랐다. 내가 병풍에 구멍을 낸 것을 두고 야단을 치시는 것으로 알았는데 그게 큰 잘못이 아니라고 하신다.

"너는 잘못을 저지르고는 그걸 몰래 감추려고 했다. 병풍 폭을 겹쳐놓는다고 구멍난 것이 감춰지겠느냐? 그렇게 한다고 네 잘못을 숨길 수 있겠느냐? 사람은 잘못을 저질렀으면 사실대로 밝혀 말하고 용서를 빌어야 한다. 그걸 감추려고 하는 것이 더 나쁘다. 알아듣겠느냐?"

할머니는 할아버지의 훈계가 끝날 때까지 손주를 일으켜 세우려고 하지 않았다. 나는 할아버지 말씀에 그만 더 크게 울었다.

할아버지는 아무 말씀도 더는 안 하신다. 나는 할머니 손에 이끌려 자리에서 일어섰다. 그리고 사랑방을 나왔다.

"그 병풍은 웃대 어르신들이 오래 간직해오신 어사품(왕이 신하에게 선물로 내린 것)이다. 그 귀한 것에 구멍을 내었으니 경을 칠 만하다."

할머니가 하신 말씀이다. 부엌에서 저녁을 차리시던 어머니가 걱정스런 눈으로 나를 한 번 흘겨보셨다. 어린 여동생이 내 눈길을 피해 후다닥 안방으로 달려든다. 나는 병풍에 구멍 낸 이야기를 할아버지께 고자질한 것이 누구인지 금방 눈치챘다.

수영 금지

여름 어느 날이었다.

할아버지가 내게 또 회초리를 드셨다.

할아버지의 무서운 표정을 그때 처음 보았다.

나는 시장터 동무들이 늘 부러웠다. 동무들은 장날이 오면 전을 벌이고 물건 파는 장사꾼들을 구경하는 일에 빠졌다. 시장 골목을 누비면서 가끔 엿장수 아저씨가 주는 개평 엿을 얻어먹는 재미도 적지 않다고 자랑했다. 할아버진 우리 형제에게 시장터 애들하고는 어울려 놀지 말라고 엄명을 내리셨다. 나는 장터 골목이 늘 궁금했지만, 동무들을 따라나설 엄두도 내지 못했다.

시장터가 끝나면 바로 갯가였다. 애들은 시장 골목을 쏘다니다가 갯가로 나가 돌틈에 옷을 벗어두고는 물속으로 뛰어들었다. 모두가 물개처럼 수영 선수였다. 나만 헤엄을 치지 못했다. 할아버지는 내게 절대로 바닷물에 멱감으러 들어가지 말 것을 다짐시켰다. 나는 정말로 헤엄치는 법을 배우고 싶었는데 할아버지가 무서워서 갯가로 나갈 수가 없었다. 그런데 언니는 갯가에서 할아버지 몰래 멱도 감고 헤엄치기를 즐기기도 했다. 이 사실을 알고는 나도 용기를 냈다. 그리고 동무들을 따라 갯가로 나가 헤엄치기에 도전했다.

여름방학을 앞두고 있던 토요일이었다. 동무들이 학교가 파하면 갯가에서 헤엄치기를 한다는 것이었다. 나도 거기에 합세하기로 했다. 나는 집에 들어서자마자 점심을 먹는 둥 마는 둥 하고는 바쁘게 집을 나왔다. 할아버지는 사랑방에 계시지 않았다. 갯가로 달음질쳐 가보니 동무들은 벌써 바닷물 얕은 가장자리에서 물장구를 치고 있었다. 나는 파란 바지와 흰 셔츠를 벗어 바윗돌 위에 돌로 눌러놓은 뒤 발가벗은 채로 물에 발을 담갔다. 바닷물에 겁을 내는 나를 위해 동무들이 손을 잡아주었다. 나는 겁도 났지만 벌써 할아버지 생각을 잊고 물놀이에 신이 났다. 나는 동무들이 시키는 대로 눈을 감고 물에 엎드렸다. 물 위로 내 몸뚱이가 떠오르는 느낌이 느껴지는 순간 바로 물속으로 가라앉는다. 나는 시간이 가는 줄도 몰랐다. 한동안을 물속에서 놀다가 물때가 썰물로 바뀌고 물살이 좀 거칠어지면서 우리는 모두 멱감기를 멈췄다. 그리고 밖으로 나왔다.

그런데 내 옷이 없어졌다. 분명히 바윗돌 위에 표나게 벗어두고 돌멩이로 눌러놓았는데 감쪽같이 내 옷이 사라졌다. 내가 옷이 없어졌다고 이리저리 찾고 있을 때 갯가 한편에 나룻배를 대고 있던 나루쟁이 김씨가 크게 웃었다.

"네가 호랭이 할아버지 손자구나. 네 할아버지가 아까 옷을 가져갔어."

나는 너무도 놀랐다. 오늘 회초리 맞을 준비를 단단히 해야겠다.

몸에 걸칠 옷이 없으니 발가숭이로 집에 가는 것이 문제였다. 내 딱한 처지를 알아차린 동무가 제 윗도리 셔츠를 내게 내밀었다.

"나는 아랫도리만 입고 갈게."

나는 그 옷을 걸쳤다. 제법 길이가 있어서 다행히 고추가 드러나지는 않았다. 그러나 신발은 어쩔 수가 없었다. 나는 맨발에 윗도리만 걸친 채 땅바닥만 내려다보면서 길거리를 달렸다. 갯가에서 나와 배 닿는 선창을 지나 시장터를 통과하면 학교 교문이 나왔다. 그리고 한참을 달려야 남문 밖의 우리 집이었다. 나는 발바닥이 아픈 줄도 몰랐다. 혹시나 같은 반 계집애들이라도 길에서 만날까 걱정이었다.

내가 그 우스운 모습으로 집에 들어섰는데 아무도 나를 맞아주지 않았다. 언제나 내 편이었던 할머니도 나를 걱정하지 않았고 어머니는 부엌에서 나와보지도 않았다. 내 어린 여동생이 우스워 죽겠다는 표정을 짓다가 '작은 오빠가 왔어요.' 하고 소리쳤다.

"영민이 왔느냐. 사랑으로 들어와라."

할아버지가 큰 소리로 나를 부르셨다.

나는 그날 아무 소리도 못 하고 울음도 참아내면서 회초리 다섯 대를 맞았다.

"작년 여름에 장터 김 서방네 막내아들이 멱감다가 물에 빠져 죽은 일을 아느냐?"

나는 '예' 하고 대답했다.

"네 할애비가 왜 이렇게 야단을 치는지도 알겠구나."

"예."

"그럼 일어서서 종아리를 걷어라."

할아버지는 회초리를 들고 내 종아리를 다섯 대 내리쳤다. 나는 이를 악물고 울음을 참았다. 그러고는 무릎을 꿇고 앉아 용서를 빌었다.

"다시는 갯가에 나가 멱 안 감을래요."

할아버지는 아무 대꾸도 하지 않고 그냥 나를 방 안에서 물리치셨다. 나는 고개를 들고 할아버지의 화가 나신 표정을 처음 보았다.

그해 겨울

할아버지는 추석 명절을 전후하여 먼 일가를 두루 찾으셨다. 옛 고향인 미산까지 사나흘 걸려 다녀오시기도 했다. 할아버지는 조선 시대 양반 노인의 위엄을 지키셨다. 머리는 상투를 틀지 않았지만 바깥 출입에 늘 갓 망건을 챙기셨고, 두루마기에 긴 지팡이를 짚고 다니셨다.

할아버지가 바깥일을 마치고 집으로 돌아오시는 날은 집안 전체가 부산했다. 사랑채는 물론 집안 주변을 모두 청소하고 할아버지를 기다렸다. 할아버지가 사랑으로 들어오시면 우리 형제는 할아버지께 큰절을 올려야 했다.

"할아버지, 안녕히 다녀오셨어요?"

우리 형제는 어머니가 가르쳐준 대로 따랐다. 언니는 가지런히 무릎을 꿇고 할아버지 앞에 앉아 있었지만 어린 나는 할아버지가 이제는 나가서 놀아도 된다고 말씀하실 때까지 기다리는 것을 견디지 못

했다. 언니와 같이 하던 딱지놀이가 바깥마당에서 기다리고 있었다. 나는 할아버지의 긴 수염도 가만히 쓰다듬어보면서 할아버지의 표정을 살폈다. 할아버지는 경망스러운 나의 행동을 크게 나무라지는 않았지만 어린 손주를 무릎에 앉히고는 이렇게 타이르곤 했다.

"양반의 자식은 그렇게 자발이 없으면 못쓴다. 네 언니처럼 저렇게 진중해야지."

나는 할아버지가 언제나 언니를 먼저 내세우는 것이 싫었다. 딱지치기에서 내게 하나도 져주지 않는 언니의 욕심을 할아버지께 일러바쳤고 언니가 학교 숙제를 미루다가 어머니한테 야단맞은 일도 고자질했다. 그럴 때면 할아버지는 내 머리를 쓰다듬으면서 이렇게 달래주었다.

"장형(長兄) 부모(父母)란다. 네 언니 말을 잘 따라야 한다."

나는 이런 훈계에는 별로 관심이 없다. 할아버지의 봄나들이 고향방문이 궁금하다.

"할아버지, 누구네 집에 다녀오셨어요?"

"홍산에 있는 재종을 불러 같이 웃대어른 해청 산소에 성묘했다. 지난 한식날 내가 몸살 기운으로 누워 있어서 산소에 가지 못했는데 뗏장 덧얹은 것이 잘 자랐더구나. 그리고 미산 태수네에 가서 하루 묵으면서 조상님네 산소 벌초하는 것을 보고 미리 성묘했다."

나는 할아버지가 하시는 말씀을 제대로 알아듣지 못했다. 내 머릿속에는 홍산이니 미산이니 하는 동네와 해청 산소가 그저 막연할 뿐이었다. 더구나 할아버지가 누구를 뵙고 오셨다는 건지 궁금했다.

"할아버지, 할아버지가 제일 어른이잖아요?"

"조상님네 산소에 절을 올렸다는 말이다."

나는 그제사 할아버지가 조상님네 산소를 두루 다녀오셨다는 것을 알았다. 그리고 우리 집에 자주 찾아오시는 부여 홍산의 일가 어른과 미산에 사는 친척 아저씨를 떠올렸다. 봄가을로 우리 집을 찾는 어른들이었다. 그분들은 증조할아버지 제삿날에 두루마기를 입고 우리 집에 오셨다. 우리 형제는 그 어른들이 오시면 늘 사랑으로 불려나가 큰절을 올렸다.

"이 어른은 나한테 재종제(再從弟)이니 너희는 홍산 할아버지라고 부르면 된다. 우리 집안에서 제일 가까운 일가다. 태수는 너희 형제와 숙항(叔行)이니 그냥 아저씨라고 하고 성식이는 너희들과 동항(同行)이니 형님이라고 하거라."

할아버지의 설명에도 나는 재종제와 숙항이니 동항이니 하는 말들이 무슨 뜻인지 실감이 나지 않았다. 홍산 할아버지는 머리가 하얀 노인이었고 태수 아저씨와 성식이 형님은 아버지처럼 나이 들어 보였다. 이분들은 모두 할아버지 앞에서는 무릎을 꿇고 머리를 조아렸지만 우리 형제한테는 사탕을 사 먹으라고 용돈도 나누어주기도 했다. 그리고 며칠을 사랑채에서 묵으면서 크고 작은 문서 꾸러미를 풀어놓고는 세보(世譜)를 새로 모신다며 의논이 많았다. 나는 아무것도 알지 못하면서 사랑방의 일이 늘 궁금했다.

할아버지를 찾아오는 손님도 많았다. 우리 집 앞을 지나는 인근 마을 사람들은 어르신께 인사를 드린다며 할아버지의 사랑방을 찾았다. 어떤 분은 꿩 한 마리를 들고 오시기도 했고, 어떤 분은 어른 장딴지처럼 굵은 칡뿌리를 들고 오시기도 했다. 어머니는 할아버지가 드시는 약술을 주전자에 담고 이쁘게 부친 전을 안주로 하여 술상을 나수어냈다.

동네 사람들은 모두 할아버지를 어려워했다. 할아버지는 길가에서 다투며 술주정하는 사람을 그대로 두지 않았다. 전란으로 세상이 바뀌니 상것들이 납든다며 혀를 찼다. 이웃 아주머니들은 우리 할아버지를 '호랭이 어르신'이라면서 직접 대면하기를 꺼릴 정도였다.

할아버지의 환갑연은 큰 동네잔치였다. 할아버지와 할머니가 나란히 앉아 환갑상을 받으시던 장면은 지금도 눈에 선하다. 나는 그때 초등학교에 입학하기 전이었다. 안마당과 바깥마당까지 차일을 둘러쳤고 바닥에는 멍석을 깔았다. 전란이 끝난 뒤 마을에서 모처럼 큰 잔치가 벌어져 동네 사람들이 거의 다 모여들었다.

나는 환갑상에 올리기 위해 갖가지 과일과 음식을 목기 위에 쌓아놓는 고임새에 관심이 많았다. 나는 이런 신기한 장면을 이후에 다시 본 적이 없다. 재호 아저씨와 태수 아저씨는 환갑 잔칫날 며칠 전부터 한지를 오리고 은행알에 치잣물을 입히고 실백(잣) 알갱이를 골라냈다. 그리고 밤을 치고 소금물에 담가두었다. 큰상에 올릴 고임새의 진설(陳設)을 두고 토론이 많았다. 나는 고임새를 하는 고방을 무시로 드나들면서 할아버지가 계시는 사랑방으로 가서 일의 경과를 전하기에 바빴다. 가끔은 고임새에 올릴 수 없는 찌그러진 대추나 밤을 얻어먹는 재미도 나만이 누리는 특권이었다.

둥근 은행알을 한 켜씩 쌓아올리는 고임새는 정말 장관이다. 동그랗게 오린 한지의 가장자리에 조청을 바르고 그 위로 가지런히 은행알을 색색으로 올렸다. 나는 숨을 죽이고 그 장면을 지켜보았다. 작은 실백 알갱이를 한 알씩 솔잎으로 꿰어 동그란 한지에 올리고 빈틈을 하얀 쌀알로 메꾸면서 켜켜이 쌓아 올리는 잣 고임새를 나는 침을 꼴깍 넘기면서 구경했다. 떡도 온갖 색깔을 맞춰 고여냈다. 팥고물 시루떡, 녹두고물 시루떡, 동부콩고물 시루떡, 흑임자 고물떡, 백편, 꽃떡을 내 키만큼 쌓았다. 콩다식, 쌀다식, 흑임자다식, 송화다식도 다식판에 찍어내어 채반에 색색으로 준비했다. 고임새의 마지막 단계는 부엌에서 아주머니네가 만들어낸 누르미, 전, 산적 등을 괴는 일이었다. 삼색 과일도 높이 쌓았다.

안마당에 펼쳐놓은 멍석 위에 돗자리를 깔고 병풍을 둘러치고 잔치상을 차렸다. 할아버지는 명주 두루마기에 갓을 쓰고 조바위를 머리에 쓴 할머니와 나란히 앉으셨다. 아버지와 어머니가 술잔을 올렸고 우리 형세노 큰절을 따라 했다. 일가 어른들도 모두 절을 올렸다. 동네 사람들의 치하도 이어졌다. 이렇게 성대한 환갑잔치를 준비한 우리 아버지를 향하여 '삼대독신 아들이 큰 효도를 한다.'고 하면서 동네 사람들이 축하했다.

할아버지는 환갑을 지내고 네 해를 더 넘기지 못했다. 할아버지가 돌아가신 것은 내가 초등학교 3학년을 마치기 직전의 이른 봄날이었다. 할아버지는 늦겨울 해동이 될 무렵부터 감기 몸살로 누우셨다. 조 주부네 탕제를 몇 차례나 올렸는데 별 차도가 없었다. 할머니는 안마당 구석에 수선이 피어나고 바깥마당 가의 매화꽃이 피면 할아버지가 기운을 차리실 것이라면서 칡뿌리 가루로 죽을 쑤어 올리기도 하고 인삼을 넣은 좁쌀죽을 끓여 올렸다.

할아버지가 돌아가시던 날이었다. 점심때가 지나서 건넛집 한규네 할아버지와 왕진 가방을 든 공의(公醫) 선생님이 함께 우리 사랑방으로 왔다. 식구들이 모두 걱정스런 표정으로 사랑방에 모였다. 할아버지는 가쁜 숨을 몰아쉬며 연신 허공을 향해 손짓을 해 보였다. 의사 선생님은 주사를 놓고는 별다른 말이 없이 밖으로 나갔다. 아버지는 집에 계시지 않았다. 서울을 다녀오마고 출타하신 후 한 열흘이 지났다. 할머니는 보름 정도 기한으로 갔으니 곧 돌아올 거라며 아버지의 귀가를 기다리는 눈치였다.

우리 식구들은 아무 말도 못 하고 할아버지를 지켜보고 있었다. 의사 선생님을 따라나섰던 한규네 할아버지가 곧바로 방으로 들어섰다.

"누님, 매형이 오늘 넘기기 어려우실 거라고 합니다. 생질이 출타

중인데 어른 종신(終身)도 못 하게 되었으니 걱정이네요."

한규네 할아버지의 말씀에 할머니는 '아이고-' 하면서 어머니를 돌아보셨다. 나는 겁이 바짝 나서 어머니 손을 꼭 잡고 눈알만 굴렸다.

그날 밤 늦게 할아버지가 돌아가셨다. 나는 할아버지의 마지막 모습이 너무도 평안하게 보여서 놀랐다. 나는 할머니 곁에서 방바닥에 엎드려 '할아버지'를 연신 부르면서 울었다.

할아버지 장례는 5일장으로 준비한다고 했다. 그 사이에 재호 아저씨는 아버지가 가셨다는 서울 주소를 찾아 전보를 보냈다. 몇몇 동네 청년들은 인근 마을로 직접 부고장을 돌리는 일을 맡았다. 찬호 아저씨는 한내, 남포, 미산까지 우리 일가네 어른들에게 부고를 전하는 일을 맡았다. 전화도 없고 차가 제대로 다니지 못하던 때였으니 모두 수십 리를 걸어야 했다. 할아버지가 눈을 감으신 지 이틀 뒤에 아버지가 돌아오셨다. 아버지는 방바닥을 치면서 통곡했다. 삼대독자가 종신도 못 했으니 큰 죄인이 되었다고 탄식도 하셨지만 나는 아버지가 미웠다.

장례를 위한 모든 바깥일은 한규네 할아버지의 지휘로 이루어졌다. 사랑방으로 드는 대청마루에는 자리가 깔리고 위패가 모셔졌다. 그리고 대문간에는 책상을 놓고 조문객이 만장에 글을 쓸 수 있도록 큰 붓과 먹과 벼루를 준비했다. 흰색 붉은색의 비단천이 마필로 들어왔다. 바깥마당에도 차일을 치고 화톳불을 피웠다. 마당 구석에는 동네 아주머니들이 솥뚜껑을 뒤집어 철판을 걸어두고 거기서 전을 부쳤다. 돼지를 두 마리 잡았는데, 술이 몇 섬이나 필요할지 모르겠다며 걱정하는 재호 아저씨의 말도 들렸다.

사흘째 되던 날부터 인근 읍면의 노인들이 조문을 왔다. 우리 형제도 누런 베옷을 걸치고 아버지 곁에서 아버지가 하는 대로 손님들께 함께 엎드려 절을 했고 고개를 숙이고 서 있었다. 멀리 부여 홍산에서도 일가 어른들이 도착했다. 모두가 할아버지의 사랑방에 들어가 '어이어이' 하면서 곡을 했다. 갓 쓴 노인들은 조문이 끝나고 문간 책상 위에 펼쳐져 있는 비단폭에 한문으로 만사(輓詞)를 썼다. 다 쓴 만장은 기다란 장대 끝에 매달아 대문 앞에 줄을 이어 세웠다. 아버지는 거의 아무것도 먹지 않는 것 같았다. 조문객이 뜸해지면 한규네 할아버지가 가끔 '생질, 나 좀 보게.' 하면서 아버지를 방 안으로 불러 쉬게 했다.

장례를 치르는 날은 온 동네 사람들이 우리 집 앞에 다 모였다고 생각할 정도였다. 갓을 쓴 노인들이 그렇게 많이 오셨다는 것도 내게는 놀라운 일이었다. 상여 행렬이 집 마당에서 당산 아래 묘소까지 수많은 만장으로 이어졌다. 이렇게 크고 호사스러운 장례식은 이제 이 동네에서 다시 보지 못할 것이라고 모두가 이야기했다. 삼대독자로 상제가 된 아버지 곁에서 우리 형제도 상복을 입고 상장을 짚고 상여를 따라나섰다.

할아버지 장례식이 끝난 후 사랑방에는 하얀 광목천으로 상청(喪

廳)이 꾸며졌다. 할아버지 위패를 모시고 촛대를 세우고 잔대(盞臺)도 올려놓았다. 향 항아리 곁에는 향나무를 깎아 한지 봉투에 담아두었다. 소상 대상을 끝낼 때까지 아버지는 매달 초하루와 보름날 상청에 삭망전(朔望奠)을 올렸다. 아버지와 우리 형제는 상복을 입었고 제사상을 차리고 식구들이 모두 절을 올리면서 울었다. 삭망이 끝나면 아버지와 우리 형제는 상복 차림으로 이른 아침에 할아버지 산소로 가서 또 절을 드렸다. 아버지는 바깥출입도 안 하였고 늘 집 안에서 신문만 펼치고 책만 읽었다. 우리 집안에는 웃음이 사라졌다. 여기저기 할아버지가 거느렸던 논밭이 다른 사람에게 팔려나갔다. 나는 우리 집 땅이 남의 것으로 바뀌는 것을 보고 놀랐다. 그러나 누구에게도 그 이유를 물을 수가 없었다.

할아버지가 계셨던 사랑방은 할머니의 차지가 되었다. 나와 언니도 그 방에서 공부도 하고 할머니 곁에서 잠을 자야 했다. 할아버지가 늘 곁에 두고 쓰시던 궤상은 방구석으로 밀쳐졌고, 대신에 할머니는 모시 삼는 동구리를 방 안으로 들였다. 할아버지가 쓰시던 갓과 망건은 갓집째 보이지 않았다. 할아버지가 돋보기를 끼고 넘기시던 한문으로 된 옛날 책들은 모두 커다란 검은 반닫이 속으로 들어가버렸다. 할아버지가 아끼시던 병풍도 접어 선반 위로 얹어두었다.

내가 중학을 졸업할 무렵 할머니는 거처를 중방으로 옮기셨다. 사랑방은 우리 차지가 되었다. 나는 사랑방에 들어설 때마다 할아버지 생각을 떠올렸다. 천자문을 외우던 나를 등에 업고 '내 손주 장한지고.'라며 좋아하시던 할아버지의 모습은 지금까지도 잊을 수가 없다. 언니가 대학을 위해 서울로 떠난 뒤 그 방은 결국 내 독차지가 되었다. 나는 혼자서 호롱불을 켜놓고 밤을 새우며 입학시험 준비를 했다. 내 힘든 공부는 어머니가 응원했다. 어머니는 방 안에 드는 한기를 막기 위해 다시 병풍을 둘러 뒷문을 가로막았고, 방바닥이 따뜻한지 한밤중에도 몇 차례나 확인했다. 그리고 말없이 조청과 가래떡과 곶감 같은 간식거리를 책상에 갖다 놓았다. 석 달 가까운 시험 준비가 그렇게 이어졌다. 할아버지가 늘 소중히 여기시던 어사 병풍 위로 갓을 쓰신 할아버지의 모습이 어른거렸다. 나는 그 방에서 혼자 공부하면서 나의 소녀 시절을 마감했다.

나의 할머니

할머니는 언제나 내 편이다.

할머니는 당신의 손주를 나무라시는 법이 없다. 그저 언제나 '아이구 우리 새끼.' 하면서 내 머리를 쓰다듬는다. 나는 무슨 일이든 할머니에게 조른다. 할머니는 손주가 조르는 일은 무엇이든 다 들어준다. 중학생이 되어서도 나는 할머니에게만 매달렸다. 어머니는 이런 내 행동을 못마땅하게 여겨 '어머님이 그저 오냐 오냐만 하시니까 둘째가 버릇이 없다.'며 걱정한다. 하지만 할머니는 '어린것이 나무랄 일이 무어가 있느냐.'면서 나를 두둔하기만 한다.

언니가 친구한테 빌려온 만화책을 혼자서 읽는 중이다. 나는 그 책을 언니보다 먼저 읽고 싶다. 그걸 눈치챈 언니는 내가 책을 빼앗으려고 잡아낭실까 두 팔로 책을 감싸고 있다. 그 책을 내게 양보할 생각이 없다는 뜻이다. 내가 울음 섞인 목소리로 크게 할머니를 부른다. 그리고 만화책을 내가 먼저 읽어야 한다면서 떼를 쓴다. 그럴 때마다 할머니는 나를 탓하지 않는다. 오히려 나직이 언니를 나무란다.

"어린 아우가 먼저 좀 보게 해라. 그게 웃사람의 노릇이지."

할머니 말씀에 언니도 어쩌지 못한다. 나는 좋아라 만화책을 빼앗아 들고 바깥으로 달려 나간다. 할머니는 이런 식으로 나를 감싼다.

나는 밤마다 어린 동생을 밀치고 어머니 곁에서 자려고 고집을 부린다. 아버지가 아무 말씀도 하지 않으니 다행이다. 어머니는 다 큰 사내 녀석이 왜 이렇게 고집이냐고 나무란다. 그럴 때면 할머니가 나를 달랜다. 베개를 들고 사랑방으로 건너오라고 나를 부른다. 나는 마지못해 할머니 곁으로 간다. 할머니는 다락에 넣어둔 엿단지에서 정과를 손으로 집어내어 내 입에 넣어준다. 그리고 아무 말씀도 없이 나를 이불 속으로 끌어안는다. 내가 잠이 들 때까지 할머니는 내 등을 살살 쓸어준다. 나는 가만히 할머니 젖가슴으로 손을 밀어 넣고 잠이 든다.

겨울이다. 얼음이 꽁꽁 얼어붙은 논바닥에서 미끄럼을 타고 짓궂게 장난을 치며 동무들과 뛰놀다가 논두렁 아래 물웅덩이에 발이 빠진다. 내 바짓가랑이가 흙투성이가 된 채 물에 흠뻑 젖는다. 집에 들어서면 어머니한테 야단맞을 것이 분명하다.

"할머니-."

대문 밖에서 집으로 뛰어 들어오며, 나는 할머니를 찾는다. 부엌에서 밥을 짓던 어머니가 내 꼬락서니를 보고는 혀를 찬다. 아침에 갈아입고 나간 옷을 금세 빨랫감으로 만들어놓았다고 내게 야단을 친다. 할머니가 아무 말도 하지 않고 마루로 나와 나를 이끌고 방으로 들어간다. 할머니는 내 볼을 두 손으로 어루만진다.

"내 새끼, 발이 시리겠다. 어서 양말도 벗고 바지 갈아입어라."

할머니는 장롱 안에서 새 옷을 내놓는다.

동무들과 들판을 쏘다니다가 나무등걸에 꿰어 새로 사서 신은 지 얼마 되지 않는 신발이 찢긴 채 들어선 일도 있다. 어머니는 도대체 누굴 닮아 그 모양이냐고 야단이다. 아버지가 들어오시면 혼 좀 나야 한단다. 나는 이번에는 쉽게 넘어가지 않을 것임을 짐작한다. 분명 크게 경칠 것이다. 그러나 할머니는 내 역성을 든다.

"장난질이 좀 심했구나. 그래도 다행이다. 나무꼬챙이에 발바닥이 찔려 다치기라도 했으면 어쩔 뻔했느냐?"

할머니는 어머니의 눈총을 피하면서 내 등을 밀어 방으로 들게 한다.

내가 나이가 들어 대학에 다니는 동안에도 할머니는 내 편이다. 일 년에 한두 차례 고향 집에 내려가면, 아버지의 역정이 대단하다.

"왜 그리 무심하냐? 할머니도 계신데, 집안일이 궁금하지도 않냐? 편지라도 좀 자주 해야지. 글공부하는 녀석이라니……."

나는 내 게으름과 무심함에 대해 달리 할 말이 없다. 그저 '죄송합니다.'라고 하면서 고개를 떨군다. 이럴 때 할머니가 내 손을 잡아준다.

"기룬 것이 없으니 그런 게지. 몸 성히 잘 있다가 왔으니 그것만으로도 고맙구먼."

할머니는 내 기색을 살피면서 다 큰 손자의 등을 쓸어주신다.

할머니는 솜씨가 좋은 기술자다.

할아버지가 돌아가신 후 할머니는 매일 모시 삼기로 소일했다. 내가 왜 맨날 모시를 삼느냐고 물으면 할머니는 '늙은 할미 소일거리다.'라고 대답한다. 모시를 삼고 길게 모시 실을 사린 후 그것을 틀에 올려 곱게 모시를 직접 짠다. 사랑방에 들여놓은 모시 짜는 틀 위에 앉아 할머니는 북실을 넣었다 내었다 하고 바디를 당기면서 덜그덕 덜그덕 모시를 짰다.

할머니는 청올치 실오라기도 직접 만들었다. 건넛집 재호 아저씨에게 부탁하여 가을이면 산에서 길게 칡넝쿨을 걷어오게 하여 그 껍질을 벗기고 다듬어 그것으로 청올치 실오라기를 만든다. 빗자루를 맬 때도 청올치 실오라기가 필요하다. 무엇보다도 청올치 실오라기는 채마밭에서 요긴하게 쓰인다. 고추대를 세우고 청올치 실오라기로 묶는다. 오이 넝쿨이 자라오르게 줄을 매는 데도 그 청올치 실오라기로 꼰 노끈이 최고다. 배추가 제대로 속이 차도록 포기를 묶을 때도 청올치 실오라기가 필요하다. 할머니는 내가 돌리는 팽이채도 쉽게 끊어지지 않게 청올치 실오라기 몇 겹으로 꼰 노끈을 달아준다.

초여름부터 뽕잎을 따다가 누에를 치는 일도 할머니의 몫이다. 어머니는 큰돈이 되는 일도 아닌데 품이 많이 드는 할머니의 누에치기에 불만이 많다. 그러나 할머니는 '내가 소일거리로 하는 일이다.'라고 하면서 뽕나무밭으로 나가 뽕잎을 따다가 누에에게 먹인다. 몇 잠을 잔 누에가 하얀 고치를 짓고 나면 누에치기가 끝난다. 물론 누에섶에서 고치를 따내고 누에고치에서 명주실을 뽑아내는 일도 할머니가 도맡아 하신다. 나는 누에고치에서 가느단 명주실을 뽑아내는 할머니의 솜씨에 탄복하면서 삶아진 누에 번데기를 얻어먹는다. 내가 겨우내 이웃의 원식이와 경쟁했던 연날리기에도 할머니의 명주실이 필요하다. 할머니는 가느다란 명주실을 두 겹으로 꼬아 풀을 먹여 내 연줄을 만들어주신다. 우리 동네 아이들 가운데 내가 제일 연싸움에 능했던 것은 그 질긴 명주실 덕분이었다.

할머니는 도토리묵도 잘 치신다. 지금도 도토리묵을 보면 할머니 생각이 난다. 한규네 아주머니가 산에서 상수리와 도토리를 주워 오면 그걸 절구통에 넣고 빻아서 가루를 만들어 묵을 쑤는 일은 할머니가 앞장선다. 묵을 쑬 때는 어머니도 감히 나서지 못한다. 나는 쌉쌉한 도토리묵 대신에 솥 바닥에 눌어붙은 묵누룽지를 더 좋아했다. 그 구수한 맛이 할머니 맛이다. 할머니는 수수와 좁쌀로 엿을 고는 일도 손수 챙겼다. 구절초를 삶은 물을 엿물과 섞어 쌉쌀한 구절초 조청을 만드는 일도 할머니 담당이다. 증조부 제삿날과 조부 제사에 쓸 제주(祭酒)를 담그는 일도 할머니가 맡았다.

할머니는 복이 많으시다. 당신 스스로 늘 하신 말씀이다. 독신 아들 하나를 낳아 키웠지만 그 밑에서 여덟 남매 손주가 나왔으니 그런 복이 또 어디 있겠느냐고 하셨다. 할머니는 늘 '너희들 할아버지보다 내가 십 년을 더 살았다.' 하시면서 이제 죽어도 여한이 없다고 말씀하셨다.

할머니는 내가 대학을 졸업하고 대학원 공부를 마치고 장가를 들고 모교의 강단에 서는 것까지 모두 곁에서 지켜보셨다. 그리고 두 손주가 장성하여 착한 손주며느리까지 볼 수 있게 되었으니 더 볼 일이 없다면서 돌아가셨다. 나는 할머니가 세상을 떠나셨을 때 가장 슬펐다. 이제는 내 나이가 할머니 돌아가신 연세에 가깝다. 그런데 나는 할머니처럼 그렇게 자상하지도 인자하지도 너그럽지도 못하면서 나이만 먹었다.

섣달그믐날 밤

섣달그믐 날은 하루 종일 집안이 수선스럽다. 내일이면 설날이다. 그런데 오늘이 왜 까치설날이 되었는지 나는 모르겠다.

어머니는 까치설날이니 집안 구석구석을 깨끗하게 치워두어야 한다고 말씀하신다. 부엌을 치우고 살림살이를 다시 정리하는 일은 어머니와 누님이 담당한다. 시렁 위에 얹혀 있던 그릇들이 한바탕 소란스럽게 이동한다. 마당과 대문간 소제는 우리 형제의 몫이다. 빗자루를 들고 집마당을 쓸고 큰길까지 나가는 골목을 모두 소제하고 나면 벌써 한나절이 된다. 겨울바람이 차가운데 방문도 열어젖히고 내 여동생들이 방 걸레질을 장난질치듯 한다. 온 식구가 동원된 까치설날의 집안 청소다.

할머니는 대청마루 한구석에서 화로를 옆에 두고 작은 소반 위에 쌀을 쏟아두고 뉘를 고르고 계신다. 할머니는 돌아가신 할아버지 말씀을 한번도 꺼내지 않았다. 그러고는 늘 '우리 대주, 우리 대주' 하면서 아버지를 걱정했다. 아버지는 거의 집에 계시지 않았다.

"할머니, 뭐 하는 거예요?"

나는 하얀 쌀을 밥상 위에 부어놓고는 쌀알을 세듯이 살피고 계신 할머니가 궁금하다.

"싸래기와 뉘를 고른다. 너는 이 근방에 오지 말라."

"왜요?"

"정갈하게 해야 한다. 쌀 쏟아 흩을라."

나는 할머니의 손사래를 보고는 마루로 오르지도 않는다.

어머니는 부엌 정리가 끝나자 가마솥 아궁이에 불을 지펴 넣으신다. 누님이 아궁이 불을 때는 책임이다. 물을 한 솥 가득 부어두고 데우는 것이다. 우리 형제들을 차례로 목욕시키기 위해서다. 집 안에 목욕간이 따로 없다. 이렇게 물을 데워 부엌 뒤켠 고방 바닥에 커다란 자배기에 물을 부어놓고 씻으면 그만이다.

우리들의 목욕은 내가 언제나 시작이다. 어머니는 씻기를 싫어하는 나를 먼저 자배기 앞에 세우고 아예 옷을 벗겨 자배기 안으로 들어서게 한다. 그리고 따뜻한 물을 내 몸에 끼얹어준다.

"여기 봐라. 때꼽이 시커멓게 붙었다. 이거 닦아내면 앞논에 거름도 하겠다."

나는 눈을 감고 이를 악물고 이 수모를 참아야 한다. 목욕이 끝나면 어느덧 저물녘이다.

이제 방앗간에서 찧어온 쌀가루로 시루떡을 안칠 차례다. 매년 하는 일이니 나는 순서를 다 안다. 할머니가 마련해두었던 노란 호박꼬지도 쌀가루에 버무려서 시루에 담으면 호박꼬지떡이 되고 무를 채 썰어 넣은 무시루떡도 나올 것이다. 낮에 닦아 엎어두었던 질그릇으로 된 큰 시루가 솥위에 얹혀진다. 시루떡을 찐다. 온 집 안에 구수한 떡 찌는 냄새가 가득하다.

어머니는 아궁이에 불을 넣으면서 떡 시루에 김이 잘 오르는지 걱정이다. 김이 제대로 오르지 않으면 떡이 한쪽은 익지 않고 미치는 수도 있다. 불 때기가 다 끝난 후에 어머니는 시루 뚜껑을 열어놓고는 젓가락으로 떡을 여기저기 찔러본다.

"김이 고르게 잘 올랐구나. 모두 조상님네 덕이다."

이제 우리 애들이 등장할 시간이다. 커다란 접시에 담아주는 팥고물 시루떡을 대문간부터 가져다 놓을 자리를 할머니가 정해주시면 우리 형제가 나선다.

"납들지 마라. 떡을 쏟을라."

얼굴도 모르는 먼 조상님들이 어디 집안 구석구석에 지켜서 계신 것처럼 느껴진다. 공연스레 몸이 움츠려든다.

집안 곳곳에 팥고물 시루떡을 가져다 놓는 일이 끝나면 그제사 방안에 불을 켠다. 새로 사 온 양초에 불을 당겨 여기저기 촛불을 밝힌다. 이 불은 사랑방에 가져다 놓아라. 이것은 부뚜막 솥 위에 놓아라. 이것은 고방에 갖다 놓아라. 할머니는 접시 위에 촛불을 받쳐 불을 밝힐 곳을 정해주신다. 나는 여동생과 서로 그 접시를 가져다 놓으려고 다툰다. 불이 꺼지지 않게 조심해라. 할머니의 말씀에 갑자기 얌전해진다. 잡귀가 들지 못하게 하기 위해서 하는 일이란다. 내년에도 가내가 두루 화평하고 무사해야 하지 않겠느냐. 할머니는 지극정성으로 촛불을 켜야 한다고 말씀하신다. 시루떡에 더운 기운이 가라앉을 때쯤에 여기저기 가져다 놓았던 떡 접시들을 도로 들고 온다. 조상님들이 모두 드셨으니 이제 우리 차례다.

할머니는 낮에 싸라기와 뉘를 골라낸 쌀을 밥상 위에 소복하게 담고 그 옆에 들기름 접시를 놓으시고는 목화솜을 말아 심지를 만든다. 아버지 심지, 언니 심지, 내 심지…… 식구들 숫자만큼 하얀 목화솜으로 심지를 말아 기름접시에 늘어놓는다. “여기 너희들 삼부자의 불이란다. 불꽃이 말갛게 이는 것을 보아라.” 할머니는 각각 심지에 불을 당기신다. 불꽃이 곧고 맑게 타올라야 내년 한 해 재수가 좋단다. 심지에 불똥이 앉는 모양으로 운수를 점치시기도 한다. “아범은 재수 형통하겠다. 우리 장손은 공부를 크게 이룬다. 작은 손주는 무병하겠다.” 할머니의 말씀에 나는 숨을 죽인다. 그리고 그 접시의 불꽃을 지켜본다.

누구도 이날만은 잠을 자서는 안 된다. 잠을 자는 사람은 눈썹이 희어지니까. 나는 긴 밤을 뜬눈으로 새워야 하는 일에 골몰한다. 잠이 들지 않도록 꼭 깨워주어야 해요. 나는 할머니와 다짐한다. 혹시 잠이 들었다가 눈썹이 모두 하얗게 세면 어쩌나 하고 걱정이다. 그래서 윷판을 꺼내어 펼쳐놓고 식구들이 모두 함께 윷놀이를 하자고 조른다. 그러나 어머니가 조용히 타이르신다. 너희들끼리 놀아라. 나는 동생들과 편을 갈라 윷놀이를 한다. 그러나 윷판은 금방 흥이 사라진다. 그 다음에는 책 읽기다. 내가 언제나 먼저 큰 소리로 책을 읽는다. 동생들이 따라서 책을 읽는다. 책 읽기를 마치면 무서운 이야기를 해 달라고 할머니 곁으로 모인다.

바깥에는 싸락눈이 내린다. 촛불이 소리 없이 타는 동안 담장 위로 지붕 위로 눈이 쌓인다. 산골 마을의 밤이 깊어간다. 절대로 잠을 자지 않겠다고 벼르던 동생들이 건넌방 어머니 곁에 가서 먼저 잠이 든다. 나도 어느새 할머니 무릎을 베고 잠이 든다. 아침에 깨어 눈썹이 하얗게 세면 어쩌나 하던 걱정도 모두 잊고.

생각해보니 까마득한 옛날처럼 느껴진다.

섣달그믐날 밤새도록 집 안에 불을 밝혀두고 잠을 자지 않는 일을 요즘에는 별로 들어본 적이 없다. 집 안에 불을 밝히고 잠을 자지 않아야 잡귀가 집 안에 들어오지 못한다는 속설은 말할 것도 없고, 잠을 자면 눈썹이 하얗게 세어버린다는 이야기조차 기억하는 이가 그리 많지 않다. 촛불을 밝히며 섣달 그믐밤을 그렇게 조신하게 시간을 보내는 이들은 얼마나 될지 모르겠다. 지나간 한 해를 돌아보고 새해를 경건하게 맞아야 하는 것은 예나 지금이나 다를 리가 없는데, 이제는 제야를 밝히는 촛불조차 생각하기 어렵게 세상은 각박하다.

3부

고향 마을 무과수다방

봉숭아꽃 물들이던 여름밤

누님은 내 머릿속에 언제나 환한 보름달처럼 떠오른다.

나는 열 살 소년으로 여름의 문턱에 서 있다. 나의 어린 시절 여름은 봉숭아꽃처럼 그렇게 선홍색으로 찾아왔다.

누님은 나보다 다섯 살이 위다. 누님은 내 어린 시절의 꿈이었다. 달덩이 같은 얼굴을 하고 있던 누님. 누님은 뜰 안의 꽃밭에 봉숭아, 백일홍, 맨드라미, 채송화, 분꽃을 가지런히 심어놓곤 했다. 꽃밭 가장자리에 땅 위로 줄기를 늘이며 앙증스럽게 채송화가 피고, 봉숭아 꽃망울이 부풀면 어김없이 여름이었다. 여름은 언제나 마당 가득한 풀꽃들의 싱그러움으로 우리 집에 찾아왔다.

뜰 안 꽃밭에 봉숭아꽃이 빨갛게 송이송이 피어나면, 누님은 그것을 따다가 소쿠리에 담아놓았다. 저녁상을 물리면 안마당 감나무 아래에 밀짚 방석을 깔았다. 마당가에 쌓아둔 쑥대 밑에 보릿짚을 불쏘

시개로 하여 모깃불을 지피는 것은 나의 일이었다. 할머니는 늘 나의 불장난이 걱정이었다. "오줌 쌀라, 보릿짚에 불이 붙거든 가만히 쑥대를 올려놓고 이리 온." 하고 어린 손주를 채근하셨다. 나는 피어오르는 불을 입으로 불고, 매캐한 쑥대 연기 속으로 일부러 달려들곤 했다.

나의 불장난은 누님이 부엌에서 어머니와 함께 설거지를 마치고 마당으로 나오면 끝이 났다. 누님은 밥솥에 얹어 삶아놓았던 감자 몇 알과 옥수수를 바가지에 담아 내왔다. 나는 으레 누님이 그렇게 할 것을 알고 있었기 때문에, 손을 씻는 것도 잊고 감자가 담긴 바가지로 달려들곤 하였다. 손을 씻고 오지 않으면 안 해준다며, 누님이 봉숭아꽃을 담아놓은 소쿠리를 가리켰다. 내가 손을 씻지 않고 감자를 먹으면 봉숭아 꽃물을 들여주지 않겠다는 뜻이었다. 그 말에는 나도 어쩔 수가 없었다. 나는 어느새 얌전해져서 샘터로 뛰어가 펌프질을 하여 물을 퍼내 손을 씻었다. 그러고는 달려들어 할머니의 무릎 위에 앉아 감자를 먹었다. "천천히 먹어라, 목멘다." 할머니는 늘 어린 손주가 걱정이었다.

내가 감자 한 개를 먹어치우고 다시 옥수수를 들고 하모니카 부는 시늉을 낼 때, 누님은 어느새 댓돌 위를 닦아내고는 봉숭아꽃을 짓찧었다. 소금을 조금 넣어야 물색이 고와진다면서 누님이 장독대에 놓인 소금 단지로 가자, "또 봉숭아 물들일련?" 하고, 어머니가 나무랐다. 누님은 그럴 때면 나를 핑계 대었다. "재가 낮에서부터 졸라댔어요." 하면서 나를 향해 눈짓을 했다. 나는 잠자코 앉아 있어야 했다.

사실은 누님이 낮부터 봉숭아 꽃물을 들일 준비를 하고 있었다. 작은 사금파리를 주워다가 누님은 손톱을 갈았다. "누님, 꽃물 들일려고?" 하며 묻는 나의 말에 누님은 대답 대신 나의 새끼손가락의 앙증스런 손톱을 몇 번 사금파리의 날로 갈아주었다. 그러고는 내 볼에다가 어머니가 하는 것처럼 뽀뽀를 해주었다. 나는 그렇게 하는 누님이 싫지 않았다. 누님의 볼에서 상큼한 꽃향기가 풍겼다.

나는 할머니 무릎에서 슬며시 일어나 바깥마당으로 가서, 가장자리에 드뭇드뭇 심어놓은 아주까리 잎을 몇 개 뜯었다. 그러고는 누님에게 그것을 갖다주었다. 봉숭아꽃 짓찧어놓은 것을 손톱 위에 놓고 아주까리 잎으로 싸매어야 하기 때문이었다. 누님은 "괭이풀을 조금 뜯어다 넣어야 하는 걸 깜박 잊었어야." 하며, 봉숭아 꽃물이 곱게 들지 않으면 어쩌나 벌써부터 걱정했다. 할머니도 우리 남매의 일을 거들어주셨다. 아주까리 잎을 손에 감아 매는 데에 쓰도록 처마 안쪽에 뭉치를 만들어 달아놓은 청올치 몇 가닥을 풀어주셨다.

할머니까지 함께한 우리 남매의 봉숭아꽃 물들이기를 어머니는 더 이상 나무라지 않았다. "너는 그러다가 계집애가 되면 어쩔래?" 하면서 어머니는 누님 곁에서 손가락을 내밀고 앉아 있는 내 머리를 쓰다듬어주었다. 사실 나도 은근히 걱정되었다. 빨갛게 물든 내 새끼손가락을 보고 동무들이 계집애 같다고 놀려댈지 모른다는 생각이 들었던 것이다. 그렇지만 누님이 먼저 내 새끼손가락 위에 짓찧은 봉숭아

꽃을 올려놓고 아주까리 잎으로 싸매고는 청올치 끈으로 묶어주었을 때, 나는 벌써 그런 걱정을 모두 잊었다. 오직 내일 아침에 내 손가락 위로 그 선홍빛의 봉숭아 꽃물이 곱게 들어 있기를 가슴 설레며 기대했던 것이다.

내 기억 속의 여름밤은 지금도 이렇듯 봉숭아 꽃물처럼 곱게 어린 시절에 멎어 있다. 지금은 봉숭아꽃을 구경하기조차 어려운 아파트의 난간에서 무엇으로 다시 그렇게 가슴 설레는 아름다운 여름밤을 맞이할 수 있을 것인가?

백범일지

김구 선생의 『백범일지』를 처음 읽었던 때의 감격을 나는 잊을 수가 없다. 『백범일지』는 내가 제일 먼저 아버지로부터 받은 책 선물이었다. 그 책은 내가 처음부터 끝까지 한 권을 다 읽어낸 최초의 책이었고, 내가 가장 많이 되풀이 읽은 책이 되었다. 나는 아직껏 내가 아버지로부터 『백범일지』를 선물로 받았던 때보다 훨씬 더 큰 내 아이들에게 『백범일지』 같은 책을 사주지 못했다. 녹음기를 틀어놓고 '나무꾼과 선녀' 이야기를 듣고 자란 아이에게 나의 아버지가 하셨던 것처럼 『백범일지』를 읽어주면 어떨까를 생각해본 적도 없다. 지금도 나는 『백범일지』에 얽힌 이야기를 잊지 못하고 있는 까닭을 꼬집어 말할 수가 없다. 겉장과 뒷장이 모두 해져버린 채, 돌아가신 아버지의 유품 속에 남아 있던 그 책이 그저 자랑스러울 뿐이다.

나는 초등학교에 들어가기 전에 혼자서 한글을 깨쳤다. 학교에 다니는 언니가 공부하는 것을 어깨너머로 훔쳐보며 글을 익힌 것이다. 언니 책을 몰래 꺼내다가 여기저기 글씨를 써놓곤 하여 어머니로부터 야단맞기 일쑤였다. 언니가 책을 읽으면, 나는 그 곁에서 오히려 더 큰 소리로 그 책을 내리 외었다. 내가 언제나 언니 공부의 훼방꾼이었다. 내가 초등학교에 들어가 제대로 글을 배우게 되자, 할머니는 가끔 내게 당신의 무릎 앞에서 책을 읽도록 하셨다. 그럴 때면, 나는 국어책을 꺼내들고 큰 소리로 신나게 읽어 내려갔다. '나무꾼과 선녀' 이야기도 읽었고, '쾅 쾅 우르르 쾅'으로 시작되는 6 · 25 전쟁 이야기도 읽었다. 책을 다 읽고 나면, "우리 손주가 글도 잘 읽는다." 하시면서 할머니는 다락 속의 엿단지를 꺼내어 강엿 한 숫가락을 내 입에 떠넣어주시곤 했다.

아버지는 책을 좋아하셨다. 소학교를 마치고, 손기정 선수를 배출한 양정고보에 입학 허가를 받았지만, 삼대독신 아들을 서울로 떠나보내는 것을 걱정했던 할머니 때문에, 학교 대신에 장가를 먼저 들게 되었다는 아버지의 이야기를 나는 여러 차례 듣곤 하였다. 아버지는 학교 공부를 제대로 하지 못한 것을 후회하시면서 독학으로 영어와 독일어 공부를 하셨다. 아버지의 책장에서 나는 그 뜻도 모르는 일본어 책을 펼쳐 들고는 쏼라쏼라를 떠들기도 하였다. 아버지는 『국사대관』을 거의 처음부터 끝까지 모두 읽고 계셨다. 『문장강화』 『사상의 월야』 『승방비곡』 등의 책들은 어릴 때 아버지의 책장에서 빼내어 보았던 것들이다. 나는 아버지가 「구원(久遠)의 정화(情火)」라는 신문 연재소설을 모조리 오려내어 사진첩에 붙여두고 읽으시는 것도 보았지만, 무엇 때문에 그 귀찮은 일을 매일 하시는지 이해하지 못했다.

아버지가 보름 가까이 출타하셨다가 집으로 돌아오신 날이었다. 책을 한 권 사 오셨다. 그 책은 『백범일지(白凡逸志)』였다. 처음에 이 책의 제목을 보고 책장을 넘겨보았으나, 그 내용은 초등학교 4학년을 겨우 마친 내가 흥미를 갖기에는 어려운 부분이 많았다. 나는 몇 장을 넘기다가 그만 그 책을 덮어버렸다. 아버지는 내게 김구 선생 이야기를 들려주셨다. "너도 이런 훌륭한 애국지사를 본받아야 한다." 고 내 머리를 쓰다듬어주셨다. 그러나 나는 별로 흥미를 느끼지 못했다.

하루는 아버지가 나를 부르셨다. 그러고는 『백범일지』를 가져오라고 하셨다. 내가 『백범일지』에 흥미를 느끼지 못하고 있는 것을 아버지는 금방 알아차리셨다. 나는 이 책에 쓴 얘기가 무슨 말인지 잘 모르겠다고 얼버무렸다. 아버지가 내게 그 책을 읽어주기 시작한 것은 그날 밤부터였다. 그 당시 나는 언제나 할아버지가 쓰셨던 사랑방에서 언니와 함께 잤다. 어머니 곁에서 동생과 함께 자려고 하면, 할머니가 "학교에 다니는 사내대장부가 젖을 먹으려고 에미 곁에서 자느냐? 어서 사랑방으로 나오지 않으면, 졸장부가 된다." 하고 나무라셨다. 그러는 바람에, 나는 졸장부 신세를 면하기 위해 어머니 곁을 떠나야만 했다. 그 대신에 쭈굴쭈굴한 할머니의 젖가슴이 내 차지가 되었고, 나는 어머니와 아버지가 내 어린 여동생을 데리고 주무시는 방에 얼씬도 하지 않았다.

"네가 이 책을 읽지 않으니, 오늘 밤부터는 매일 잠자기 전에 내가 직접 읽어주마. 내가 이 책을 다 읽을 때까지 너는 네 동생과 함께 이 방에서 자야 한다. 너는 졸장부 소리를 당분간 면치 못할 거다."

나는 몹시 속이 상했다. 재미도 없는 책을 사다가 읽으라고 하시는 아버지가 원망스러웠다. 어려운 책을 읽으라고 하니까 읽지 못한 것인데, 사내대장부가 어린 계집애 동생 곁에서 자야 하는 벌까지 받게 되었으니, 체면이 서지 않는 일이었다. 여동생은 분명 나를 졸장부라고 또 놀려댈 것이 분명했다. 아버지는 나를 사랑방으로 내보내지 않고, 여동생과 함께 아버지 곁에 눕게 하셨다. 여동생은 혀를 한번 내밀어 보이면서 나를 약올리고는 돌아누워버렸다. 나는 정말로 부화가 났지만, 아무도 내 편을 들어주지 않으니 할 수 없는 일이었다. 어머니는 오히려 "네가 한번 직접 큰 소리로 읽어봐라. 엄마도 좀 들어보자."고 하셨다.

아버지는 등불을 머리맡에 놓고, 엎드린 채로『백범일지』를 읽어주셨다. 나는 눈망울을 돌리면서 아버지가 책을 읽어주시는 소리를 듣고 누워 있어야 했다. 그것은 일종의 벌이었다. 나는 사랑방에서 언니와 함께 장난을 칠 수가 없게 되었다. 게다가 할머니가 내주시는 강엿이나 곶감 같은 것을 얻어먹을 수도 없었다. 할머니의 품속에 안겨 잘 수도 없었다. 아버지의 책 읽으시는 소리보다 사랑방이 더 궁금했다.

아버지가 읽어주시는 『백범일지』를 어린 여동생의 곁에 누워 들어야 하는 곤욕은 며칠 동안 계속되었다. 아버지는 언니에게만은 늘 너그러우셨다. 내가 언니에게 떼를 부리면, 아버지는 언제나 나를 나무라셨다. 할아버지가 내게 들려주었던 말 그대로 "장형 부모다. 네 언니를 거역해서는 안 된다." 하시면서 내게는 엄격하셨다. 언니에게는 이런 귀찮은 일을 시키지 않는 아버지가 원망스러웠다. 언제나 내 편이신 할머니도 이번에는 "애비가 사다 준 책을 안 읽고 벌을 서는구나. 다 큰 사내가 에미 곁에서 잠을 잤으니, 꼬추 떨어질라." 하시면서 나를 구원해주실 생각은 전혀 하시지 않았다.

아버지가 읽어주시는 『백범일지』를 들으면서 나는 "아버지, 이순신 장군이 왜적을 무찌르셨는데, 왜 또 일본이 우리나라를 쳐들어와요?" 하는 식의 엉터리 질문을 하곤 했다. 아버지는 임진왜란은 삼백오십 년 전의 일이고, 이 책의 이야기는 오십 년 전의 일이라고 내게 설명을 해주셨지만, 나는 별로 재미가 없었다. 나는 그저 김창수(김구 선생의 아명)라는 사람이 일본 사람들을 만나 단칼에 해치우는 장면에 잠깐 관심을 표했고, 그가 감옥을 빠져나와 사방으로 도망을 다니는 장면에 조금 흥미를 느꼈다. 그러나 그것도 잠깐뿐이었고, 아버지의 책 읽으시는 소리를 들으면서 곧장 잠에 빠져버리곤 하였다.

그러던 어느 날 저녁이었다. 그날 밤에도 나는 사랑방에 나가지 못하고 아버지 곁에서 『백범일지』를 들어야만 하였다. 내가 화들짝 놀라 이불을 박차고 사랑방으로 건너간 것은, 김창수가 공주 마곡사라는 절에 숨어든 대목에서였다. 나는 사랑방에 계신 할머니께로 달려나가 큰 소리로 외쳤다.

"할머니, 맞다 맞어. 우리 보았지요? 그 사람 사진, 김구 선생님 커다란 사진, 마곡사 큰부처님 계시던 법당에 걸린 그 사진, 할머니, 이 책이 바로 그 어른 책이네요."

나는 바로 전 해 사월 초파일에, 선림사 주지 스님을 따라 할머니와 함께 트럭을 타고 공주 마곡사 구경을 간 적이 있었다. 집을 그렇게 멀리까지 떠나본 것은 그때가 처음이었다. 나의 수명장수를 빌기 위해, 할머니는 선림사 주지 스님을 나의 수양아버지로 삼아주셨다. 나는 스님을 수양아버지라고 해야 하는 것이 마음에 걸렸지만, 나를 만날 때마다 '나무아미타불'을 연방 외는 스님의 염불 덕분에, 내가 오래 살 수 있게 된다는 것이 적이 안심이 되어 곧잘 주지 스님을 따랐다.

마곡사 구경은 선림사 주지 스님의 안내로 이루어졌다. 큰 부처님 앞에 나가 합장 삼배를 하고 나서, 나는 법당의 왼쪽에 커다랗게 걸어놓은 사진 한장을 보았다. 울긋불긋한 탱화가 아니라 흑백의 사람 사진이 법당 안에 놓인 것이 이상했다. 스님은 나의 얼굴을 보고는 웃으면서, "저 어른이 돌아가신 지가 벌써 십 년이 되는구나. 아가, 저 어른은 우리 백성들을 위해 왜놈들과 싸우셨던 훌륭하신 어른이다. 일본이 우리나라를 강제로 빼앗었을 때, 저 어른은 왜놈들과 싸우시다가 이 절로 몸을 피신하셨지. 부처님의 은덕으로 임정 환국 후에 저 어른이 이곳을 다시 찾으셨었는데, 나도 그때 저 어른을 멀리에서 뵌 적이 있다. 아깝게도 비명에 돌아가셨지만…… 나무아미타불." 하고 합장하였다. 나는 누가 시킨 일도 아닌데, 그 사진을 향해 부처님께 한 것처럼 크게 세 번을 절했다.

아버지의 『백범일지』 읽기는 여기서 끝났다. 아버지가 읽어주시는 『백범일지』에 내가 직접 가본 마곡사 이야기가 들어 있다는 것을 알고 나는 깜짝 놀랐다. 바로 그 법당에 걸렸던 사진의 주인공 이야기가 책에 그대로 적혀 있었기 때문이다. 이 놀라운 사실을 기억해낸 날, 나는 아버지가 읽어주시는 것을 기다릴 필요가 없었다. 나는 그 뒤로 이어지는 이야기가 궁금하여 그 책을 단숨에 읽어 내려갔다. 그 후 나는 수없이 『백범일지』를 읽었다. 아버지는 상해 홍구공원에서 일본인 백천(白川) 대장 등을 저격한 윤봉길 의사가 바로 우리 고장에서 태어나신 분이라고 가르쳐주셨고, 그때는 잘 알아듣지 못했지만 민족 통일을 위해 애를 쓰다가 흉탄에 맞아 돌아가신 김구 선생의 이야기도 해주셨다. 나는 『백범일지』의 내용을 거의 한 장면도 빠짐없이 이야기할 수 있을 정도가 되었다. 학교 오락 시간에 내 동무들은 내가 김구 선생 이야기를 신나게 들려주면, 모두 박수치면서 환호하곤 하였다.

나는 지금도 아버지가 초등학교 4학년짜리인 내게 『백범일지』를 읽히려고 했던 일을 생각하면서 혼자서 웃는다. 백범의 '임정 노선'에 빠져 있던 아버지의 정치 바람은 내가 간여할 바가 못 된다. 나는 그때 철부지였고, 동무들과 함께하는 전쟁놀이에서 기껏 내가 김구 주석이 되어 내 단짝 친구였던 근배를 윤봉길 의사로 삼아 신나게 일본 대장을 해치우는 흉내를 내는 일이 고작이었다. 그러나 아버지의 사랑이 거기에 담겨 있었다는 것을 부인할 수가 없다.

책벌레

내 고향 마을은 워낙 바닥이 좁아서, 옹기종기 모여 있는 집들이 모두 합해 이백 호도 되지 않는다. 이 작은 마을에는 오래된 학교가 하나 있을 뿐이다. 나는 여기서 초등학교를 마쳤다. 함께 학교에 다닌 쉰네 명의 동무 중에 이웃 마을의 중학교에 진학한 것은 모두 열일곱뿐이었다. 나는 중학생이 된 것이 너무도 자랑스러웠다. 책보를 들고 다니던 초등학교 시절과는 비교할 필요가 없다. 교복을 입고 모자를 쓰는 것만으로도 마음이 하늘을 날았다. 발에 맞는 운동화를 신고 가방까지 들고 보면 스스로 그런 모습이 대견하게 여겨졌다.

집에서 중학교까지는 이십 리나 되는 먼 길이다. 나는 매일같이 걸어서 학교에 다녔다. 이른 아침밥을 먹고 집을 나서면 휘파람이 저절로 나온다. 일부러 모자를 약간 비뚤어지게 쓰고, 가방을 옆구리에 끼고, 교복 저고리의 맨 위 단추도 풀어 헤친다. 그때는 버스도 다니지 않았다. 닷새 만에 한 번씩 서는 장날 꽈배기네 자동차가 장사꾼들의 짐을 가득 싣고 꼬불꼬불한 산골길을 돌아 우리 마을을 찾아 왔을 뿐이다. 그리고 가끔 마을 부둣가에 부려놓은 소금을 실어내기 위해 커다란 화물 트럭이 들어오곤 하였다. 이른 아침 소금 가마니를 가득 실은 트럭이 마을 어귀를 빠져나가다가 큰길을 걸어가는 우리를 태워주기도 하였다. 위험하기는 했지만 우리는 트럭에 가득 실은 소금 가마니 위에서 찬바람을 맞으며 엎드려 있었다. 그런 날은 참으로 운이 좋은 날이었다. 그러나 소금실이 트럭을 학굣길에서 운좋게 만나기는 쉽지 않았다. 이른 새벽 아침밥을 먹고 두 시간을 걸어 학교에 도착하면, 벌써 배가 고팠다. 우리는 수업 시간 전에 도시락을 모두 먹어치웠다.

학교가 끝나면 배고픔을 잊기 위해 달음질로 산길을 타고 집에 돌아왔다. 힘든 통학길이었지만, 우리는 아무도 그것을 힘들다고 여기지 않았다. 매일 일어나는 모든 일이 그저 즐겁기만 했다. 새벽 찬 이슬을 털면서 산길을 걷는 것은 언제나 싱그러워서 좋았다. 곡식이 자라는 들판 한복판으로 뚫린 길을 걷는 것은 언제나 새로운 느낌이었다. 엊그제 심은 것 같던 모가 자라나 벼 이삭이 패었고, 가뭄에 애를 태우던 고구마밭은 어느새 파랗게 벋은 줄기 사이로 쩍쩍 갈라진 밭두렁이 드러나곤 했다. 우리는 서넛이 함께 걸으면서 유선방송의 스피커에서 듣고 배운 "노란 샤쓰 입은 사나이"도 부르고 체육 시간의 구령도 외쳤다. 서로 밀고 당기고 달리고 쫓고 하는 동안에 힘든 줄을 몰랐다. 해가 질 무렵 마을의 집집마다 굴뚝에서 올라오는 저녁연기를 멀리 내려다보면서 산등성이를 넘는 때는 까닭 모르게 가슴이 설렜다. 학교가 늦게 끝나는 날은 밤하늘의 별빛을 세면서 집에 돌아왔다. 홍수가 진 여름날에는 책가방을 머리에 이고 허리까지 차오르는 개울을 건넜고, 온 산이 하얗게 눈 덮인 겨울에는 대나무쪽으로 만든 미끄럼대로 스키를 타면서 산길을 미끄러져 내려왔다.

학교 생활은 날마다 새로운 재미를 더했다. 시간마다 과목이 바뀌고 각각 다른 선생님과 수업하는 것이 여간 신나는 일이 아니었다. 선생님들은 모두 우리에게 열성적이었다. 언제나 말끝에 '알았나 제군!'을 외쳐대는 물상 선생님, 긴 몽둥이를 질질 끌고 나타나는 키가 작은 체육 선생님, 지독한 일본식 발음(나중에 알았지만)으로 '잿도 이즈어 캣도'(That is a cat)라고 말하면서도 영어는 발음이 중요하다고 가르쳐준 교감 선생님, 그림을 그리는 것보다 세계 유명 화가의 그림을 책으로 보여주면서 그 삶과 예술을 이야기해준 미술 선생님, 그리고 우리의 꿈이었던, 아 참으로 아름다운 목소리의 실과 담당 여선생님…… 이분들의 말씀 하나하나에 우리는 언제나 솔깃했다.

나는 국어와 역사 시간을 제일 좋아했다. 국어 선생님은 가끔 우리에게 소설책을 읽어주었다. 「사랑손님과 어머니」는 그때 국어 선생님이 라디오 방송의 연속 낭독처럼 시간 중에 조금씩 읽어주신 가장 인상 깊은 소설이었다. 역사 선생님은 언제나 '그 원인(遠因)과 근인(近因)을 알아보자'라고 하면서 역사상의 중요 사건을 풀이했다. 모두가 새로운 것들이고 흥미로웠다. 초등학교 육 년 동안 배운 것보다 더 많은 새로운 사실들을 중학생이 되어 일 년 만에 다 배운 것만 같았다. 우리들에게 아쉬운 것이 있었다면 중학교에 음악 선생님이 없다는 것이었다. 초등학교 시절 낡은 풍금 소리에 맞춰 동요를 불렀던 우리들은 중학교에 들어가서도 피아노 구경조차 하지 못했다.

중학교 2학년 말의 일이다. 우리 중학교에 인근 미군 부대의 지원으로 조그마한 도서실이 생겼다. 천여 권의 책도 함께 들어왔다. 나는 새로 부임하신 과학 선생님의 지도로 몇몇 친구들과 도서반원이 되었다. 우리 도서반원은 수업이 끝난 뒤 도서실에 가서 친구들에게 책을 빌려주고 돌려받는 일을 맡았다. 교과서 외에는 제대로 읽을 만한 책을 사보기 어려웠던 때여서, 새로 생긴 도서실은 우리 모두를 흥분시켰다.

나는 도서실에 비치된 여러 가지 책 가운데 소설책 읽기에 재미를 붙였다. 수업 시간에 소설을 읽어준 국어 선생님의 영향이 컸다. 이광수 전집에 수록된 소설들은 그 시절에 다 읽었다. 정음사판 한국문학 전집도 모두 읽어버렸다. 김동인, 염상섭, 나도향, 현진건, 이효석, 김유정, 주요섭, 김동리, 박영준, 이무영 등의 중요 작품을 모두 읽었다. 나는 매일 도서실에서 한두 권씩 읽을 책을 빌렸다. 그리고 학교에 오가는 길에 그 책을 들고 다녔다. 도서실에 있는 소설책들을 모두 읽은 후에는 수필집을 읽기 시작했다. 이희승 선생의 수필집 『벙어리 냉가슴』도 그 시절에 처음 읽었다. 일엽 스님의 『청춘을 불사르고』도 읽었고, 최신해의 수필집 『심야의 해바라기』, 민관식의 『낙제생』(이 책은 기억이 맞는지 모르겠다), 설의식 선생의 연설집('성은 유요 이름은 관순이니 이 나라의 딸이다'로 시작되는 유관순 열사 추모의 글은 지금도 기억난다.)도 흥미있게 읽었다. 김소월 시집 『진달래꽃』은 전체를 줄줄 욀 수 있을 정도였다. 어머니는 밥상머리에서도 책을 잡고 있는 내게 항상 "제발 책 좀 손에서 놓고 밥 먹어라. 책벌레가 되겠다."라고 야단을 치셨다.

나의 책 읽기를 가장 아름답게 여긴 사람은 누님이었다. 누님은 국민학교밖에 다니지 못했다. 계집아이는 소학교 나온 것만으로 충분하다는 할아버지의 고집을 아무도 꺾지 못했다. 누님은 초등학교 졸업식에서 졸업생 대표로 앞에 나가 답사를 읽었다. 나는 어머니 손을 잡고 그 졸업식을 구경했다. 누님이 울음이 섞인 목소리로 '잘 있거라 아우들아, 운동장의 큰 버드나무야……' 하고 읽어나갈 때 나도 그만 울음이 터졌다. 누님은 졸업식을 마친 후 며칠을 방 안에서 혼자 울며 중학교 입학원서를 쓰게 해달라고 졸랐지만 아무도 누님 편을 들어주지 않았다. 나는 방으로 들어가 누님한테 "그냥 할아버지 몰래 원서를 쓰면 되잖아?" 하면서 누님 손을 잡아끌기도 했다.

누님은 초등학교를 졸업하자 어머니를 따라 집안 살림살이를 도왔다. 밥도 짓고 설거지도 도맡았다. 내가 중학생이 되었을 때 누님은 동네에서 제일 이쁜 처녀가 되었다. 누님은 내가 중학교에서 빌린 소설책을 틈틈이 읽었다. 춘원 이광수의 『유정』을 읽으면서 엉엉 울어댔다. 나도 덩달아서 슬펐다. 내가 국어 선생님 흉내를 내면서 「사랑손님과 어머니」를 낭독하면 누님은 베갯모를 수놓던 손을 멈추고, '영민아, 늬 국어 선생님이 아마 이 소설의 어머니 같지 않니?' 하고는 살며시 눈을 감았다. 누님은 김소월의 시를 큰 소리로 읽어달라고 내게 주문하기도 하였다. 나는 신이 나서 대문 밖까지 소리가 들릴 정도로 목청을 높였다. '먼 후일 당신이 찾으시면 그때에 내 말이 잊었노라'에서부터 '부르다가 내가 죽을 이름이여'까지를 읽어 내려가면 문밖에서 먼 닭 울음소리가 들렸다. 우리 오누이의 책 읽기는 내가 고등학교에 들어가면서 끝났다. 누님은 한산 이 씨 큰집 며느리로 시집을 갔다. 시집가는 누님에게 내가 사드린 선물은 붉은 양장본으로 나온 모윤숙의『렌의 애가』였다.

나는 중학생이 되기 전까지만 하더라도 멋진 마도로스가 되는 것을 꿈꾸었다. 집 앞에 바다가 있었고, 바다 위에는 늘 기관포를 위용 있게 달고 있는 회색빛의 경비정이 떠 있었다. 나는 그 경비정보다 더 크고 더 빠른 배를 타고 싶었다. 그리고 먼 바다로 나아가 세계 곳곳을 돌아다니고 싶었다. 하얀 세일러 복장의 마도로스— 얼마나 멋진 꿈인가? 그런데 중학생이 된 후 책을 손에 잡고서부터 나의 희망이 바뀌었다. 마도로스가 아니라 소설가였다. 나는 이광수도 되어야 했고, 심훈도 되어야 했다. 김동인도 나도향도 되어야 했다. 그 무렵 나의 일기장은 내가 읽은 소설 이야기로 거의 채워졌고, 어쭙지 않게 글쓰기 흉내를 내기 시작하였다. 미술 선생님은 내가 중학교 3학년 때 쓴 여러 편의 시와 산문에 이쁜 삽화를 그려넣고는 그것을 '권영민 문집'이라고 이름까지 붙여주었다. 국어 선생님은 나의 글솜씨를 교실에서 자주 칭찬해주었다. 나는 벌써 스스로 문필가가 된 듯이 들떠 있었다.

나의 중학 생활은 그렇게 행복한 책 읽기 속에서 끝났다. 지금도 눈을 감으면 그 시절의 자갈밭 신작로가 선하다. 이제는 아스팔트가 깔린 큰 도로로 바뀌었지만, 그 꼬불거리던 산길에 얽혀 있는 나의 아름다운 중학생 시절을 잊을 수가 없다. 소설가가 되고 싶던 나의 꿈은 이루지 못했다. 그러나 나는 남포불 아래서 밤 가는 줄 모르고 누님과 함께 소설책을 읽으며 키웠던 소중한 꿈을 아직도 버리지 못했다.

가지꽃

고향 집 대문 앞에 가지꽃 나무 한 그루가 자란다. 파릇파릇 윤기 나는 잎새들과 어울려 피어나는 짙은 자줏빛 꽃이 향기롭고 이쁘다. 봄이면 수많은 자줏빛 꽃송이가 담장 위로 꽃 잔치를 벌이는 것이 장관이다. 이 꽃나무는 내가 고등학교 시절에 마당가의 샘터 옆에 심었다. 집에 불이 났을 때 밑동이 잘려 나가는 바람에 다시 꽃을 보지 못할 줄 알았다. 그런데 불이 난 집을 헐어버리고 다시 집터를 닦을 때, 그루터기에서 돋아난 실한 줄기를 뿌리째 이 자리로 옮겨놓았더니, 이제는 제법 커다란 나무로 자랐다.

내가 자목련(紫木蓮)을 처음 알아본 것은 고등학교 1학년 때였다. 나는 학교 근처에 방을 얻어 친구와 자취 생활을 했기 때문에 주말이 되면 밀린 빨랫감을 집으로 날라왔다. 토요일이 되어 학교에서 집에 돌아오는 길이었다. 집까지는 기차에서 내려 십여 리를 걸어야 했다.

길가의 어느 집 담장 너머로 파릇하게 피어나는 나뭇잎 사이사이에 짙은 자줏빛의 꽃송이가 자태롭게 피어났던 거였다. 집에 있는 누님 생각이 났다.

나는 그 이쁜 꽃나무가 궁금했다. 무슨 꽃인가? 나는 주저하지 않고 그 집 안으로 들어섰다. 그리고 뜰 안 마당에서 감자 씨를 골라내고 있던 아주머니에게 그 꽃이 무슨 꽃이냐고 물었다. 아주머니는 사내 녀석이 무슨 꽃 이야기냐는 듯이 나를 올려보았다. "너무 이뻐요. 처음 보는 꽃인데……." 나는 겸연쩍게 웃었다.

"가지꽃이여."

아주머니는 한마디 대답하고는 고개를 쳐들고 꽃을 보았다. 나는 꽃나무 아래로 갔다. 나무 밑동 주변으로 잔가지들이 많이 돋아나 있었다. 나는 제법 굵은 가지 하나를 가리키면서 그걸 캐어 가겠다고 했다. 아주머니는 담벼락에 세워둔 삽을 가져다 주었다. 나는 조심스럽게 가지를 캐낸 후 "우리 누님에게 저 꽃을 보여주고 싶어요." 하고는 꽃봉오리가 여럿 달린 채 아직 피어나지 않은 작은 가지도 하나를 꺾었다. 그리고 흙이 뿌리에서 떨어지지 않도록 조심스럽게 비료 포대 종이로 싸서 책가방 가운데에 넣었다. 아주머니는 나를 말리지 않고 감자 씨 고르기에 열중이었다. 나는 인사를 하는 둥 마는 둥 달리듯이 집으로 돌아왔다.

집 문간에 들어서자 누님이 앞치마를 두른 채 부엌에서 뛰어나오며 나를 맞았다. 집 안이 수선스러웠다. 헛간에서는 이웃 아저씨가 집 안의 모든 문짝을 떼어내어 하얀 창호지를 바르고 있었다. 할머니는 문 바르는 아저씨에게 이것저것 주문하시는 중이었고, 어머니는 부엌에서 전을 부치고 계셨다. 나는 꽃가지를 누님 앞에 내밀었다.

"이쁘지? 이 꽃봉오리, 가지꽃이래. 누님 보여줄려고."

나는 누님의 얼굴을 보았다. 누님은 다른 때 같으면 굉장히 이쁘구나 하면서 호들갑을 떨 만도 한데 꽃봉오리를 가만히 코끝으로 한번 스쳐보고는 "어서 들어가. 배고프지?" 하며 내 등을 밀었다. 사랑방에 들러 아버지께 절을 하고서야 나는 큰일이 있다는 것을 알았다.

"내일 중한 손님이 오신다. 네 뉘 선을 보러 한내 사는 한산 이 씨댁 어른들이 오셔."

아버지의 말씀이다. 나는 누님을 시집보내려고 선뵌다는 말에 그만 마음이 울적해졌다. 늦은 점심을 몇 술 뜬 후에 나는 둥그렇게 마당 가장자리에 터를 잡아 구덩이를 파고 잿간에서 재를 한 삼태기 퍼다 붓고는 가지꽃 나무를 심었다.

저녁상을 물린 뒤 나는 누님과 함께 밖으로 나와 바닷가를 걸었다. 누님은 이 마을에서 동생들과 함께 평생 살아가는 것이 더 좋겠다고 했다. 올해 안에는 꼭 시집보내겠다고 하시는 아버지의 성화가 원망스럽다는 말도 했다. 나는 아무 말도 하지 못하고 속으로 우리 누님, 누님 하고 되뇌었다.

누님은 다음 날 첫선을 보았다. 누님은 사랑방에 놓인 탁자 위를 내가 꺾어온 가지꽃에 들축나무 줄기를 곁들여 함께 꽃병에 꽂아 장식했다. 나는 아버지와 함께 손님들을 맞았다. 자형(姊兄)이 될 이 씨 댁의 아드님은 키가 좀 작았지만 인상이 좋고 음성이 맑았다. 내가 사랑에서 나오자 누님은 부엌문 뒤에서 조바심을 치고 서 있었다. 빨리 옷 갈아입고 어른들께 인사 올릴 준비를 하라시는 어머니를 돌아보는 누님의 얼굴이 발갛게 상기되었다.

"누님 좋겠네."

하고 내가 놀렸다.

"얘는……." 하면서 누님이 내 어깨를 살짝 꼬집었다.

누님은 그해 가을에 한내 한산 이 씨 댁으로 시집갔다. 내가 옮겨다 심어놓은 가지꽃은 그다음 해부터 그 짙게 붉은 꽃망울을 터트리기 시작했다.

나는 대문 앞에 훌쩍 자라난 가지꽃 나무가 자주색의 꽃망울을 터트릴 때면 누님 생각을 한다. 누님은 환갑이 지나 곱게 나이 든 할머니가 되었다. 나도 중늙은이가 되어 늙어가고 있지만, 지금도 가지꽃의 화사함 뒤에 숨겨져 있는 우리 누님의 수줍던 처녀 시절의 아름다움을 사랑하고 있다. 사람들은 모두 이 꽃나무를 자목련이라고 부른다. 그러나 나는 내가 처음 들었던 '가지꽃'이라는 이름을 버리고 싶지 않다.

스무 살 때

나는 스무 살이 되던 해에 고향을 떠났다. 서울에서 대학을 다니기 위해서였다. 내가 대학에 합격하자, 어머니와 할머니가 가장 기뻐했다. 대학 입시를 준비하기 위해 나는 늦가을부터 아예 학교에 나가지 않고 고향 집 사랑방을 지켰다. 시골 고등학교의 3학년 2학기는 늘 소란하기만 했다. 전체 다섯 반 가운데 대학 진학을 준비하는 학생은 한 반을 채운 육십여 명에 지나지 않았다. 나머지 이백사십여 명이 고등학교를 졸업하면 모두 사회로 진출하게 되어 있었다. 그러니 대학 진학반의 수업이 부실해졌다. 선생님이 정해준 문제집을 각자 풀어보는 자습 시간이 많아졌다. 나는 차라리 집에서 혼자 공부하는 편이 낫겠다고 생각하고는 하숙집을 나와 집으로 돌아왔다. 담임 선생님이 내 생각을 듣고 놀라서 내 졸업 성적에 불이익을 줄 수 있다며 학교에 출석해야 한다고 말씀했지만 나는 선생님의 뜻을 따르지 않았다.

나는 입시까지 백 일 계획을 세우고 혼자서 시험 과목을 차근차근 점검했다. 아버지는 어련히 알아서 하겠느냐면서 아들의 대학 입시에 별 신경을 쓰지 않았다. 할머니는 날마다 이른 아침 샘터에서 물을 받아 장독대에 올려놓고 두손을 모았다. 어머니는 내가 처음 마음먹었던 대로 나가라고 내 등을 다독여주었다. 내가 시험 공부에 매달려 사랑방에 박혀 있었을 때 집안 식구들은 누구도 큰 소리를 내지 않았다. 모두가 내 편에서 나의 선택을 당연하게 생각했다.

서울로 가겠다면서 입학원서를 들고 온 나를 한사코 말린 것은 고등학교 담임선생님이었다. 선생님은 내게 지방 대학의 사범계를 권했다. 내 실력이면 장학생 가능성이 충분하고 대학 졸업 후 교사로 쉽게 취업할 수 있으니 사범대학에 가는 것이 좋겠다고 했다. 문리대만 고집하던 나를 말리려고 선생님은 입학원서를 서랍에 넣어두고 며칠만 더 생각하자고 했다. 선생님은 우리 학교에서 졸업생 가운데 그동안 한 사람도 입학원서조차 쓴 적이 없는 최고의 대학을 택한 나를 아주 딱하게 여겼다.

대학 시험을 마쳤다. 시험 문제는 생각보다는 그렇게 어렵지 않았다. 신문 지상에 발표된 모범 답안을 가져다가 몇 차례나 내가 쓴 답안과 대조했다. 그러나 정작 합격자 발표가 가까워지자 나는 꼼짝도 하지 못하고 방 안에 들어박혔다. 합격자 발표가 나오는 날 새벽이었다. 나는 잠결에 내 이름을 부르는 소리를 들었다. 깜짝 놀라 눈을 떴다. 분명히 누군가 바깥에서 나를 불렀다. 나는 자리에서 일어나 옷을 걸치고 방문을 열었다. 아직 어둠이 가시지 않은 대문 밖에 손전등 불빛이 어른댔다.

"누구셔요?"

나는 큰 소리로 물었다. 바깥에서 대답했다.

"영민인가? 나야. 우체국장이야. 지금 내가 서울대학에 장거리 전화로 알아봤더니 자네 합격이래. 지난번에 내게 말해준 그 수험번호가 분명 합격자 발표에 포함되어 있다네."

우체국장님의 목소리는 자못 흥분되어 있었다. 나는 대문을 열고 우체국장님을 만났다. 우체국장님은 내 손을 덥석 잡고는 자기네 일인 것처럼 좋아했다. 마침 우체국장님이 어제저녁 숙직을 맡았다고 했다. 우리 동네에 처음으로 서울대학생이 생길지 조바심을 치면서 새벽 여섯 시가 넘자 바로 장거리 전화를 넣었다는 거였다. 합격자를 발표하는 방문(榜文)에 내 수험번호가 적혀 있는 것을 당직자가 확인해주었다고 했다. 나는 다음 날 서울로 올라가 대학에서 합격증을 받았다. 입학 절차에 관한 안내서도 함께 받아들고 나는 고향 집으로 확인 전보를 쳤다. 그리고 내 고등학교 담임선생님한테도 '권영민 합격'이라고 전보를 보냈다.

대학 입학식이 가까워졌다. 시집 간 누나는 서울로 떠나는 내게 털스웨터 하나를 사주었고, 건넛집 아저씨는 자비에 보태라고 돈을 주셨다. 이웃집에 사는 김 순경 아저씨는 우리 마을에 처음으로 서울대학생이 생긴 것을 축하한다며, 자신이 아껴두었던 목이 긴 경찰용 단화 한 켤레를 선물로 갖다 주었다. 내 발보다 조금 커서 헐떡거리는 구두였지만, 나는 그 구두를 신어보고는 대학생이 된 내 모습을 스스로 자랑스러워하였다. 물론 마음 한구석은 무거웠다. 서울에 올라가 어디서 어떻게 지내야 할지 걱정이 많았다. 언니가 군대에만 가지 않았다면 그 도움으로 모든 일이 편했을 텐데 이제는 모두 내가 혼자 정해야만 하는 일이었다.

고향 집을 나서던 이른 새벽, 식구들은 대학생이 되어 서울로 떠나는 나를 눈물로 전송하였다. 어머니와 여동생이 불안한 눈빛으로 버스 정류장까지 따라 나왔다. 다 큰 아들이지만 어머니에게는 여전히 어린애였다. 손등으로 눈물을 훔치는 여동생의 등을 쓸어주고는 나는 어머니께 걱정하지 마시라는 말만 되풀이하였다. 어머니는 내 속주머니에 넣어둔 두어 달 치의 하숙비와 용돈을 잘 간수하라고 단단히 단속하였다.

나는 새로운 세상에 대한 두려움과 초조감에 떨며 서울로 올라왔다. 서울의 그 번잡한 분위기에 주눅이 든 나에게, 어둠이 내리기 시작한 서울역 광장은 더욱 스산하게 느껴졌다. 대학 입학식이라는 것도 내 마음을 다시 들뜨게 하지 못했다. 가까스로 학교 근처에서 두 사람이 같이 쓰는 하숙방을 정했다. 나보다 먼저 하숙방에 들어와 살고 있던 사람은 대학의 이 년 선배인 경상도 출신이었다. 그 선배는 아주 쾌활한 성격이어서 우리는 이내 친해졌다. 그러나 대학은 너무나도 낯선 곳이었다. 나의 대학 생활은 발에 맞지 않는 커다란 구두를 끌고 다니는 것처럼 처음부터 힘겹고 고단한 일이었다. 서울 동숭동의 우중충한 문리대 캠퍼스는 늦겨울의 냉기가 좀처럼 가시지 않아서 늘 추웠다. 누구 하나 다른 사람에게 관심을 두지 않고 바쁘게 움직였다. 그런 대학가의 어수선함이 나를 늘 긴장시켰다. 고등학교의 선후배들이 서로 어울리는 신입생 환영회 광고지들이 게시판과 건물 벽에 아무렇게나 붙어 있었지만, 내가 다녔던 시골 고등학교에서 문리대에 들어온 사람은 오직 나 혼자뿐이었다.

나는 스스로 선택한 문학 공부에 제대로 마음을 붙이지 못했다. 나의 전공을 못마땅하게 여겼던 아버지의 생각이 옳은 것일지도 모른다는 두려움도 생겼다. 학과의 교수님들은 모두가 너무 엄격하고 냉정한 것처럼 느껴졌다. 중학 시절부터 작가의 꿈을 키워온 나를 두고 고등학교 국어 선생님은 내 적성대로 잘 선택한 것이라고 했다. 나의 글쓰는 재주를 좋게 보아준 때문이었다. 그러나 학과 소개 시간에 교수님들은 문학이라는 것이 학문의 영역이며 우리 학과에서는 문학을 학문적으로 연구한다고 했다. 누구도 글쓰는 일에 대해서는 언급하지 않았다. 참으로 허망한 일이었다. 나는 학문으로서의 문학에 대해서는 아무 관심이 없었다. 문학이라는 것을 배우고 연구해야 한다는 것은 나의 얇은 상식으로 용납할 수 없는 것이었다. 문학은 글을 쓰는 데에서 시작되며, 자신의 삶과 싸우는 것이 문학이며, 문학은 언제나 그렇게 처절한 투쟁으로 이루어진다는 막연한 생각을 해왔기 때문이었다.

대학 캠퍼스는 개강하자 시끄러웠다. 대부분의 강의가 제대로 시작되기도 전에 우리는 머리띠를 두르고 큰길로 나서야 했다. 위수령이니 계엄령이니 하는 군사 정권의 폭압으로 인하여 대학은 문이 닫히고 우리는 어두운 골목에서 서성대었다. 나는 책 보따리를 싸들고 몇 차례나 시골 고향 집으로 내려갔다. 새로운 학문에 대한 기대와 문학에 대한 꿈이 여지없이 무너졌다. 그 허망한 대학 1학년 시절에 나는 전공을 바꾸어야겠다고 결심했다. 삶의 진로를 바꾸어야 한다는 생각으로 골몰했지만, 전공을 바꾸는 일은 뜻대로 되지 않았다. 2학년에 올라서면서 나는 더욱 초조하였다. 가정교사로 전전하는 서울 생활에 마음은 늘 허망함뿐이었다. 나는 전공을 바꾸지 못한 바에야 차라리 아버지 뜻에 따라 고시 공부를 시작하는 것이 낫겠다고 생각한 적도 있었다. 그래서 법과대학의 강의를 청강하기도 하였다. 전공과목은 벼락치기 시험 공부로 학점을 채워 체면을 유지하고 있었을 뿐이었다.

나는 대학 4학년이 되어서야 스스로 엄청나게 빗나간 나의 길을 돌아보고는 놀랐다. 발에 맞지 않는 구두를 끌고 다니면서 시작한 고달픈 대학 생활이 스스로를 비참하게 하였다. 더구나 아무것도 모르는 채 아들이 대학을 졸업하기만 기다려온 고향의 어머니 생각이 나를 형편없이 주눅들게 하였다. 뜻을 제대로 세우지 못하고 우왕좌왕하며 아무런 목표도 없이 넘겨버린 대학 생활, 나는 졸업을 겁내는 4학년생이 되어서야 내가 서 있는 자리를 돌아보고 무책임했던 대학

생활을 후회했다. 나는 내 속사정을 전혀 모르고 대학 성적이 비교적 우수한 것을 어여쁘게 보아주신 교수님 덕분에 떠밀리듯 대학원에 들어왔다. 그러고 나서야 비로소 문학에 대한 나의 태도를 점검하기 시작했다. 나는 대학원 석사 과정을 마칠 때까지 문학이란 무엇인가, 우리 시대에 문학은 무엇을 할 수 있는가, 나는 문학을 통해 무엇을 구할 것인가, 문학을 어떻게 공부할 것인가를 스스로에게 수없이 물었다. 이런 질문은 지금도 나의 머릿속을 떠나지 않는 것이지만, 대학원에 몸을 담고 있는 동안 나는 허망했던 대학 시절에 대해 스스로 빚을 갚기 위해, 다시 선택한 나의 문학 공부를 혼자서 다져나가야만 했다.

지금 생각하면, 나의 스무 살 시절 대학 생활은 허망함밖에는 남아 있는 게 별로 없다. 그 시절에 빠져들었던 좌절과 방황을 나는 그 후 다시 무엇으로도 메우지 못하였다. 지금 생각해도, 바로 그 허망의 세월이 서럽고 안타깝다. 나는 해마다 대학의 첫 강의실에서 만나는, 나의 스무 살 시절보다 몇 곱절 영특한 학생들에게 내가 실패했던 대학 생활 이야기를 들려주곤 한다. 그리고 창밖으로 눈길을 돌려 관악의 하늘을 바라본다. 서울역 광장에서 커다란 가방을 끌며 어디로 갈지 몰라 허둥댔던 스무 살 나의 모습이 서기 떠오른다.

고향 마을 무과수다방

고향 마을에 새로운 볼거리가 생겼다. 농촌 전화사업(電化事業)을 한다고 야단들이었다. 그 덕에 산골짜기 집집마다 전깃불이 켜졌다. 석유 등잔불을 켜고 두더지처럼 살았는데, 전기가 들어오면서 세상이 바뀌었다. 버스 정류소 옆에 사진관이 있었다. 사진관 옆 공터에 공사판이 벌어졌다. 목수까지 나서서 제법 크게 시멘트 블록을 쌓아 올렸다. 지붕이 올라가고 창문이 생기고 출입문까지 달았다. 그러더니 외벽은 파랗게 페인트칠을 하고 거기에 야자수 그림까지 그려 넣었다. 마침내 멋진 간판이 내달렸다. 무과수다방— 사진관 장 씨가 마을에 다방을 열었다. 다방 벽에 내걸린 메뉴판에는 커피 인삼차 홍차 쌍화차 야구르트 콜라 사이다 등의 가격표를 붙였다. 홀의 한켠에는 선반을 달고 보기에도 황홀하게 텔레비젼을 비치했다. 무과수다방 지붕 위로 텔레비전 안테나가 잠자리 공중비행을 하듯 세워졌다. 다방 출입문을 열고 나서서 버스가 들어올 때마다 손님들을 불러들이는 것은 미니스커트를 입은 젊은 마담이었다. 이 놀라운 풍경은 금세 마을 전체로 퍼져 나갔고 밤마다 다방에는 텔레비전 구경꾼들이 몰려들었다.

내가 대학 3학년을 마친 겨울방학 때였다. 긴 방학의 한 달가량을 나는 고향 집에서 보낼 생각이었다. 내 책가방 속에는『황금 가지』영어 원서도 들어 있었고, 가와바타 야스나리의 소설책도 들어 있었다. 집에 들어서자 나는 윗방에서 청올치 꾸러미를 들고 실낱을 고르시는 할머니 곁에 앉았다. 전깃불이 환하게 들어오니 밤에 심심하여 옛날 길쌈을 하듯 청올치 노끈을 만드신다고 했다. 고춧대나 참깨대를 세우고 묶어주는 데에 청올치만큼 요긴한 것이 없다고 하신다. 내 여동생들은 오빠 마중에 신이 났다.

어머니는 아들을 위해 사랑방을 모두 치워놓으셨다. "네가 이 방에서 남폿불 아래 대학 입시 공부를 했는데 이제는 환하게 전등을 달았어야." 하신다. 군불도 지피고 담요를 아랫목에 깔아두었더니 냉기가 가셨다고 말씀하신다. 그러면서 내 친구 이야기를 하신다. 오늘 식전에도 형만이가 우리 집에 들렀었단다. 내가 집에 내려오는 것을 확인하고 싶었던 모양이다. 사실 나는 버스 정류소 앞에서 그 친구를 만났다. 큰 가방을 들고 버스를 내렸을 때 먼저 반가이 맞아준 것이 형만이다. 내 가방을 자전거 뒤에 싣고는 집에까지 따라왔다가 집 안에는 들르지도 않고 가버렸다. 마을 양조장에서 막걸리 통을 배달하는 일을 도맡아 하고 있는데, 저녁 배달이 밀렸다고 한다. 저녁 먹고 나서 버스 정류소 앞의 무과수다방으로 나오라면서 자전거를 내달린다.

저녁 식사를 마치고 나는 두꺼운 외투에 목도리까지 두르고 집을 나선다. 너무 늦지 말라는 할머니 말씀이 내 등 뒤로 달라붙는다. 나는 금방 올라온다고 말하고는 드문드문 서 있는 외등의 빛줄기를 따라 밤길을 걸었다.

무과수다방은 벌써 텔레비전 방송 구경꾼들로 시끄럽다. 친구도 한구석에 자리를 잡고 나를 기다리고 있다. 나는 다방 안을 둘러본다. 홀 한가운데에는 커다랗게 구공탄 난로가 놓여 있고, 난로 위에 올려놓은 누런 주전자에서 결명자차가 끓는 냄새가 가득하다. 바깥의 찬바람과는 전혀 다르게 다방 안은 후끈하다. 주방에 있던 사진관 장 씨가 먼저 나를 알아보고는 반갑게 맞아준다. 동네 박 이장님, 수협 총무 이 씨도 자리에서 일어나 손을 내민다. 학교 잘 다니다가 왔느냐면서 대학생 손 좀 한번 만져보자며 법석이다. 나는 그동안 평안하셨느냐고 인사를 하고는 친구가 혼자 앉아 있는 구석 테이블로 간다.

형만이가 턱으로 수협 이 씨를 가리키면서 나지막하게 이렇게 말한다.

“저 양반 매일 여기 와서 살고 있어.”

그러고는 주머니에서 담배를 꺼내어 내게 권한다.

"이제는 제대로 배웠지?"

나는 한 대 피우고 싶었지만 "나중에……."라고 말하면서 사양한다. 이장님이 건너다보이는 자리라서 마음 쓰인다.

다방 마담이 탁자 위에 요구르트 두 개를 올려놓는다. 처음 오시는 손님에게 드리는 서비스라고 한다. 수협 총무 이 씨가 큰 소리로 내게 인심을 쓴다.

"영민이, 커피 한 잔 주문혀. 내가 한턱 내지. 오랜만이니께."

나는 고맙다는 눈인사를 보낸다.

형만이는 이런 시골에 다방 영업이 제대로 되는지 모르겠다는 내 말에 손사래를 친다. 사진관 장 씨가 장사 수완이 있단다. 텔레비전을 다방에 처음 들여놓았기 때문에 밤마다 구경꾼들이 몰려온단다. 남의 장사하는 집에 그대로 텔레비전 구경만 할 수 없는 일이니 어른들은 대개 커피 한 잔 맥주 한 병 정도는 마셔야 한다는 것이다. 동네 조무래기들도 곧 몰려올 거란다. 연속극 재미에 모두가 빠져 있다는 것이다. 저녁마다 아이들이 몰려들자 사진관 장 씨는 다방 무과수의 텔레비전 관람 규칙을 정했단다. 저녁 9시 뉴스가 시작되면 조무래기들은 모두 집으로 돌아가야 한다는 규정이다.

마담은 인스턴트 커피에 크림과 설탕을 한 수저씩 섞는다. 그러고는 내게 물었다.

"설탕 더 넣어드릴까요?"

나는 괜찮다고 그냥 커피잔을 들었다.

"우리 동네 유일한 대학생, 그것도 우리나라 최고 대학. 나하고는 초등학교 때부터 동창이구."

형만이가 마담에게 나를 거창하게 소개한다. 마담은 나를 건너다 보면서 이렇게 말한다.

"아이고, 영광이에요. 얼굴 모습이 대학생 같아요. 곱고……."

형만이가 이 말에 토를 달면서 짓궂게 한마디를 던진다.

"마담, 얌전한 대학생 바람 넣지 말고 어서 저기 노인네들한테로 가요."

그러자 마담이 내 옆자리에 앉는다.

"나도 좀 젊은 대학생 친구 되면 안 되나? 그렇죠?"

나는 그저 웃을 수밖에 없다.

"그 자리에 앉아 있다가 회장님 오시면 큰일 난다."

형만이는 우리 아버지 이야기를 한다. 가끔 이 다방에 들르신다는 것이다.

"아하, 회장님 댁 둘째 아드님이시구나."

마담은 유쾌하게 웃으면서 커피를 좀 더 가져오겠다며 자리를 일어난다.

저녁 일곱 시가 되니 다방 안은 영화관처럼 사람들이 꽉 찼다. 모두 텔레비전을 향하고 있다. 동네 아이들이 열댓 명 난로 주변에 쪼그리고 앉아 있고, 마을 이장님이 이 희한한 구경꾼 가운데 좌장이다. 홀 안의 열 개 남짓한 탁자와 좌석은 어른들이 모두 차지했다. 마담은 여기저기 커피를 내놓고 맥주병을 땄다. 참으로 저녁 장사가 대단하다.

"여기가 이렇게 장사를 잘하니까 저 선창가 강 씨네 집 이 층도 곧 다방을 연다네."

나는 씁쓸한 기분이다. 마을 전체라고 해야 백오십 호도 되지 않는 곳인데 다방이 또 열린다는 것이 이해되지 않았다. 그래도 주말에는 낚시꾼들이 많아서 제법 장사가 된다고 한다. 평소에는 천수만의 섬들을 오가는 여객선 때문에 이동하는 사람들이 다방을 많이 찾는다는 것이다. 전깃불 들어오고 처음 생긴 다방에 텔레비전까지 들여놓았으니 이만한 문화 시설이 어디 있겠느냐는 형만이의 말에 나는 그저 웃었다.

내가 서울의 학교 이야기도 들려주고 동네에 전깃불 들어와 편리해졌다고 말하자, 형만이는 국민학교 동창생 금순이가 곧 시집가게 된 사연과 만수네 초상 나서 상여 메었던 소식도 전한다. 친구 형만이는 자기도 이번 겨울 보내고는 서울로 가겠다고 결심이다. 더 이상 여기서 무지렁이 노릇을 하기 싫단다. 나는 무어라고 대답을 못 했다. 그러면서도 홀로 지내시는 친구의 모친 안부를 물었다. 지금도 시난고난 앓으신단다. 노인네 혼자 앓아 누워 계신 것이 불쌍하여 이 외동아들이 마을을 못 떠난다며 막막한 표정이다. 나는 이 친구가 또 내게 신세타령을 하고 싶어 한다는 것을 알아차린다. 말은 이렇게 하면서도 그는 앓아 누워 계시는 모친 곁을 계속 지키고 있을 것이다.

그사이에 연속극이 끝나고 아홉 시다. 다방 무과수 규칙대로 홀 안에 여기저기 쪼그리고 앉아 있던 아이들이 자리에서 일어서기가 아쉬운 표정들이다. 이장님이 큰 소리로 "이제 너희들 빨리 집에 가서 자야지." 하고 명령을 내린다. 텔레비전에서는 아홉 시 뉴스가 시작된다. 아이들이 모두 나가버리자 다방 안은 잠시 조용해진다.

"매일 밤 이런 식이야. 애들한테는 큰 구경거리지. 저것이."

형만이는 텔레비전을 가리킨다.

아홉 시 뉴스가 끝날 무렵에 나는 자리에서 일어났다. 여전히 동네 이장님과 수협 이 씨가 앉아 있는 자리에서 큰소리다. 나는 이분들에게 가볍게 눈인사를 하고는 밖으로 나왔다. 그리고 친구의 등을 몇 번 쓰다듬고는 집에 올라가겠다고 했다. 앞으로 한 달 동안 머물러 있을 테니 하면서 나는 발걸음을 옮긴다.

집에 돌아와 보니 식구들 모두 나를 기다리는 중이었다. 어머니는 군밤 한 보시기를 내놓으신다. 바깥마당의 밤나무에서 알밤이 벌어져 떨어진 것이란다. 밤을 거의 한 말은 되게 거두었다는 말씀이다. 나는 무과수다방 이야기를 꺼낸다. 텔레비전 구경 나온 사람들 이야기를 했다. 내 여동생이 우리들도 한번 구경 가보았으면 좋겠다고 말하자 할머니가 먼저 아버지 눈치를 보신다. 내가 웃으면서 "그래, 낮에 한번 내가 데리고 가서 커피 한잔 사주지." 하였더니 좋아라 하면서 자기네 방으로 건너간다. 아버지께서는 수협 이 씨 걱정이 대단하시다. 무과수다방의 외상 장부에 이 씨 이름이 제일 많이 올라 있다는 것이다. 나는 커피 한 잔 얻어 마신 것이 괜히 마음 쓰인다.

이주(梨珠)

“교수님 강의를 듣게 되어 너무 기뻐요.”

강의를 마치고 나오는데, 한 여학생이 쪼르르 따라 나오면서 내게 인사를 한다.

“무슨 과?”

학생은 소속 학과 대신에 먼저 자기소개를 한다.

“한이주(韓梨珠)예요, 제 이름이. 지난 학기에는 교수님 강의와 학과 필수과목 시간이 겹쳐서 수강 신청을 하지 못했었거든요.”

그러더니 별다른 이야기 없이 다음 시간에 뵙겠다면서 돌아선다. 두 갈래로 땋아 내린 머리 모양이 귀엽다.

“저 한이주예요. 지난번에 인사드렸지요? 교수님.”

지난 시간에 수업을 마친 후 내게 자기소개를 했던 여학생이다. 이번에도 강의가 끝나자 또 내게 인사를 한다. 내가 아는 체를 하자, 내

뒤를 따라오며 말을 건넨다.

“이렇게 두 시간 동안 서서 강의하시기 피곤하지 않으세요?”

“아니, 아직은 괜찮아요.”

나는 ‘이 녀석이 무슨 이야기를 하려나.’ 하고 궁금하다.

“사실은 제 이름을 교수님께서 지어주셨어요. 이주라는 이름.”

학생의 말에 내가 깜짝 놀란다.

“누구지?”

내가 고개를 갸우뚱하고 그 자리에 서자, 학생은 웃으면서 말한다.

“잊으셨을지 모른다고 엄마가 말씀하셨어요.”

나는 더욱 갑갑하다.

“엄마라니? 어머님이 누구신데?”

내가 이렇게 묻자, 학생이 잠시 머뭇하다가 말을 꺼낸다.

“초등학교 선생님이시거든요. 박분순 선생님이 제 엄마예요. 아빠와 함께 지방에서 초등학교 교사를 하세요.”

나는 너무 놀랍고 반갑다. 박분순 선생님의 따님이라니.

대학 4학년 때의 일이다. 고향 근처의 초등학교에 내 중학교 동창생이 교사 발령을 받아 내려왔다. 여름방학이 되었다. 나도 고향에서 방학을 보내게 되어, 오랜만에 친구와 만났다. 초등학교 교사가 된 친구는 어느새 어른이 다 된 듯한데, 나는 여전히 초라한 대학생 신분이었다. 친구가 근무하는 학교에도 찾아가 보았다. 그 초등학교에 우리와 연배가 비슷한 선생님이 한 분 더 근무하고 있었다. 그분이 바로 박분순 선생님이었다.

박 선생님을 처음 만났던 일은 지금도 기억이 생생하다. 내가 친구를 찾아 초등학교에 들렀는데, 친구 곁에 여선생님 한 분이 앉아 있다. 내가 이름을 대고 제법 예의를 차려 인사를 하자, 친구가 그 여선생님을 가리키며 내게 소개한다.

"우리 학교 선생님이셔. 이런 시골에 오셔서 고생이 많으시지."

"박분순이에요."

나는 같이 고개를 숙여 인사를 하다가 그만 웃음을 터뜨릴 뻔하였다. '박 씨에 분순이라니……. 겉모습과 전혀 어울리지 않는 이름이다. 저렇게 참한 얼굴인데 하필 그런 이름을 지었을까…….' 나는 분순이라는 이름의 한자 표기를 이리저리 조합해보면서 억지로 웃음을 참는다.

박분순 선생님은 교육대학을 마치고 시골 초등학교로 첫 발령을 받은 초보 여선생님이지만, 교실에서는 아주 다부지게 어린애들을 잘 다룬다는 것이다. 눈이 서글서글하고 키도 큰 편이다. 차림새에 별로 신경을 쓰지 않는 것 같은데 세련된 모습이다. 금방 호감이 간다.

나는 친구를 핑계 삼아 박 선생님과도 몇 차례 만났다. 내가 가지고 내려온 책을 서로 돌려보기도 하였고, 함께 인근 해수욕장에 가서 한나절 놀다가 돌아오기도 하였다. 친구가 낮에 학교 당직을 서는 날, 내가 학교에 놀러 가면 박 선생님도 하숙집에서 학교로 나오곤 하였다. 교실에서 박 선생님이 치는 풍금 소리에 맞춰 노래를 부르기도 하며, 날이 저물 때까지 이야기를 했다. 우리들의 화제는 언제나 자연스럽게 문학 이야기로 옮겨졌다. 당시 노벨문학상을 받은 일본인 작가 가와바타 야스나리의 『설국』이나 『이즈의 무희』에 대한 비평에 열을 올리기도 하였고, 내가 소개하는 독일 소설 『데미안』과 『생의 한가운데』에 대해서도 박 선생님은 상당한 식견을 가지고 있었다. 이어령 교수의 수필집 『흙 속에 저 바람 속에』를 읽은 소감을 말하기도 하고, 서정주의 '신라'에 대해서도 논란을 벌였다.

나는 박 선생님과 스스럼이 없이 친해졌다. 내가 박 선생님에게 호감을 갖고 있다고 생각한 친구가 조용히 타이른다. 오랫동안 사귀고 있는 애인이 따로 있다는 것이다. 그리고 이번 가을학기에 도회지로 발령받아 전출하게 될 거란다. 나는 속내를 들킨 것 같은 기분이었지만, 박 선생님이 다른 학교로 전근하게 될지 모른다는 말이 마음에 걸렸다.

방학이 끝날 무렵 나는 박 선생님과 서로 헤어지게 되었다. 개학 준비로 서울로 떠나는 나를 위해 친구가 자기 집에서 저녁을 함께할 것을 청했다. 물론 박 선생님도 초대하기로 했다는 것이다. 나는 박 선생님에게 시집 한 권을 선물하기로 마음먹었다. 그리고 내가 가지고 있는 시집의 속표지에 '박이주(朴梨珠) 선생님, 이 여름의 짧은 만

남을 오래 기억하기 위해'라고 써넣었다. 친구네 집에서 차려낸 저녁은 푸짐한 칼국수였다. 우리는 저녁을 마치고 서로 작별 인사를 했다.

"이 책을 박 선생님께 드리려구요. 그리고 이렇게 써 넣었지요."

나는 시집의 속표지를 펼쳐보였다. 박 선생님은 가만히 책장을 내려다보며 웃음으로 답했다.

"제 이름 때문에 어렸을 때는 속상한 적이 한두 번이 아니었어요. 애들한테 푼수라고 놀림도 많이 받고……. 이쁜 이름을 지어주지 않은 아버지를 원망하기도 하였지요. 정말 이쁘네요. 이주(梨珠)라는 이름."

그 뒤 나는 다시 박분순 선생님, 아니 박이주 선생님을 만나지 못하였다. 그리고 삼십 년 가까이 지났다. 내 나이도 중년을 넘었다. 내가 치기(稚氣)를 벗지 못하고 있던 때에 생각해냈던 '이주'라는 이름이 이쁜 여학생이 되어 내 앞에 나타나게 되다니……. 그 시절의 이야기들을 세월의 흐름으로 모두 지울 수는 없지만, 나는 '이주'라는 이름만으로도 다시 가슴이 설렌다.

신춘문예의 꿈

해마다 연말이 되면 중요 신문들이 큰 상금을 내걸고 문학작품을 공모한다. '신춘문예'라는 이름으로 시행되고 있는 이 문단 행사는 문학을 꿈꾸는 이에게는 밤하늘에 빛나는 별처럼 늘 아득하다. 수많은 문학 지망생이 신춘문예를 기다리며 작품을 가다듬고 여기저기 신문에 투고한다. 그러고는 얼마나 가슴 졸이며 신년 첫날의 당선작 발표를 기다리는지 이 열병을 치르지 않은 사람은 이해하지 못한다. 아마도 전 세계에서 문학의 길을 향한 '통과의례'를 이렇게 유별나게 벌이는 나라는 달리 없을 듯하다.

우리나라에서 상금을 내걸고 문학작품을 공모한 것은 최남선(崔南善)이 주재했던 잡지『청춘(靑春)』이 처음이다. 이 잡지는 일본의 식민지 지배 아래에서 1914년에 종합 월간 문예지로 출발했다. '바야흐로 발흥하려는 신문단에 의미 있는 파란'을 기대한다는 목표 아래 '현상문예란'을 만들어 독자의 작품을 모집한 적이 있다. 1920년대 중반부터는 민간 신문이 신춘문예라는 이름으로 문학작품을 현상 공모하고 그 결과를 연초에 발표하면서 문단의 신인 발굴 제도로 정착했다.

요즘도 중요 신문사는 신춘문예를 운영한다. 전에는 일부 잡지사에서도 신춘문예라는 이름으로 문학작품을 공모했지만 지금은 모두 없어졌다. 신문사에서 운영하는 신춘문예를 보면 시, 소설, 희곡, 평론 등 분야별로 작품을 공모하여 이를 권위 있는 심사위원에게 심사하도록 하는 것이 보통이다. 그리고 매년 신년호에 당선작을 발표한다. 당선작은 상당한 상금이 있지만 상금보다 더 중요한 것은 당선작을 낸 사람을 곧바로 문필가로 대우한다는 점이다.

우리 문학계의 거장들 가운데에는 신춘문예를 통과한 사람들이 많다. 소설가 김동리는 1934년 시 「백로(白鷺)」가 신춘문예에 입선된 후 1935년 단편소설 「화랑(花郎)의 후예(後裔)」가 신춘문예에 당선되었고, 단편소설 「산화(山火)」가 1936년 다시 신춘문예에 당선된 특이한 경력을 가지고 있다. 소설가 김유정의 경우는 1935년 소설 「소낙비」와 「노다지」가 각각 다른 두 군데 신문사의 신춘문예를 석권함으로써 문단의 화제가 되기도 했다. 시인 서정주도 1936년 시 「벽」이 신춘문예에 당선되면서 본격적인 창작 활동을 하였다. 최근에 세상을 떠난 작가 최인호도 신춘문예를 통해 문단에 나왔고, 그 후 화려한 명성을 이어갔다. 소설가 황석영, 이문열, 오정희 등도 모두 신춘문예를 통과한 후 유명한 작가로 성장했다.

그런데 신춘문예 당선의 화려함에도 불구하고 자기 이름을 제대로 문단에 알리지 못하고 사라진 사람들도 적지 않다. 신춘문예 당선보다 그 영예를 지키면서 좋은 글을 계속 써나간다는 것이 결코 쉬운 일이 아님을 알 수 있다. 운이 좋게 당선된다고 하더라도 좋은 작품을 쓰지 못하면 그대로 도태된다. 한 시대를 살아가는 문학인으로서 자기 존재를 지키기 위해서는 그만큼 피나는 노력이 뒤따라야 한다.

나도 중앙일보가 시행했던 신춘문예 평론 부문에 당선했다. 대학 4학년 때의 일이다.

지금 생각하면 참으로 엉뚱한 일이지만 나는 대학 졸업을 앞두고 겁에 질려 있었다. 재바른 친구들은 재벌 회사에 취직하고 신문기자가 되었지만 내게는 취직하기 전에 먼저 처리해야 할 과제가 남아 있었다. 병역 문제였다. 비활동성이라는 진단을 받았지만 내가 앓았던 폐결핵이 여전히 문제가 되었다. 나는 한 차례 현역병으로 징집되었다가 훈련소에서 신체검사를 통과하지 못해 귀향 조치를 당한 경력도 있었다.

대학 생활의 마지막 단계인 4학년 가을학기였다. 나는 글을 쓰는 몇몇 친구와 서로 어울렸다. 대학 앞의 중국집에서 군만두를 나누어 먹으면서 진로 문제를 걱정했다. 그러던 중 친구 하나가 엉뚱한 제안을 했다. 우선 돈을 벌어보자는 거였다.

무슨 돈을?

어떻게?

친구의 제안에 모두가 이렇게 물었다. 그 친구가 가방 속에서 꺼내놓은 것이 조선일보 신춘문예 모집 공고였다. 이 엉뚱한 제안에 우리는 말도 되지 않는 허영심에 빠져 마치 모두가 신춘문예에 당선작이라도 낸 듯이 신나게 떠들었다. 조선일보와 동아일보 그리고 한국일보, 중앙일보, 서울신문 등 모든 신문이 신춘문예에 상당한 상금을 내걸고 있었다. 우리는 의기투합하여 마치 점령군이라도 되는 듯이 각각 신문사 한 곳씩을 맡았다. 나는 소설을 내기로 했다. 친구들은 내가 작품을 투고할 곳으로 중앙일보를 지정했다. 나는 새해 연초에 내 작품으로 중앙일보의 지면을 장식해야만 했다.

우리는 작품을 완성할 때까지 서로 만나지 않기로 약속했다. 작품 마감 시한은 한 달 정도가 남아 있었다. 나는 대학 근처의 문방구점에서 원고지 백 매짜리 묶음 다섯 권을 샀다. 그러고는 자취방으로 돌아와 문을 걸어 잠갔다. 처음에는 한 열흘 정도면 충분할 것으로 생각했다. 대학 노트에 써두었던 습작 소설을 골라 원고지에 정리하면 끝나는 일이었다. 그러나 써두었던 작품이 마음에 들지 않았다. 조금 고친다고 했지만 아무리 해도 긴장감이 살아나지 않았다. 나는 일단 단편소설 한 편을 정리해놓고는 고심에 빠졌다. 과연 내 뜻대로 중앙일보의 엄청난 지면을 차지할 수 있을까?

나는 혼자서 고심하다가 마음을 고쳐먹었다. 다시 손을 댄 것이 평론이었다. 당시 문리과대학은 졸업논문을 제출하는 것이 필수였다. 나는 이미 무려 사백 매가 넘는 분량의 논문을 써놓았기 때문에 그

가운데 일부를 떼어 단독 평문으로 고치는 것은 어려운 일이 아니었다. 내가 택한 주제는 김유정 소설의 언어 표현에 나타나는 문체론적 징표를 찾아내어 분석 평가하는 것이었다. 아주 미시적인 작품 분석이 뒤따르는 작업이었는데 생각보다 어렵지 않게 글을 마무리했다. 나는 중앙일보 신춘문예를 위해 단편소설과 평론을 완성했다. 이 두 편의 작품을 놓고 소설에는 가명을 붙이고 평론에는 내 본명을 밝혀 신문사로 보냈다. 이 엉뚱한 사업의 벼락치기에 좋은 결과를 기대한다는 것은 가당치 않은 일이었다.

크리스마스이브였다. 우리 패거리들이 오랜만에 함께 모였다. 학림다방 구석에 앉아 커피를 마시고 알타미라 동굴로 들어가 막걸리를 시켜놓고 서로 떠들어대던 중이었다. 누군가 "아 참, 우리 공동 프로젝트." 하고 모두를 긴장시켰다. 신춘문예 응모 이야기였다. 조선, 동아, 한국 등 세 신문은 이미 당선자 통지가 되었다고 했다. 그런데 중앙일보는 오늘내일 중에 당선자 통보를 한다는 거였다. 신문사에 다니는 선배들을 통해 얻어낸 정보였다. 물론 우리 중에는 누구도 신문사의 당선 통지를 받은 사람이 없었다. 허황한 돈벌이의 꿈도 사라졌다.

나는 연말에 고향으로 내려갈 것이라고 말하고는 친구들과 헤어졌다. 술에 어지간히 취한 상태였다. 밤 열한 시가 가까웠다. 서민아파트의 방 한 칸을 얻어 자취 생활을 하는 가난한 대학생이었지만 주인댁 할머니는 인정이 많은 분이었다. 내가 출입문을 열고 들어오는 소리를 들었는지 "학생, 학생." 하고 나를 불렀다. 낮에도 한 번, 초저녁에도 한 번, 급한 전보라면서 꼭 본인에게 직접 전달해야 한다고 우편배달부가 찾아왔었다는 거였다. 나는 그 말을 듣고 혹시 고향 집에 무슨 일이 생겼는지 걱정이 앞섰다. 혹시 할머니가 돌아가셨다는 전보인가. 하면서 나는 겉에 걸친 점퍼를 벗어던지고 그대로 방바닥에 엎드렸다. 그때 요란한 발걸음 소리가 들렸다. 그리고 아파트 출입문을 누군가 세게 두드린다.

"권영민 씨, 권영민 씨 계세요?"

나는 벌떡 일어났다. 그리고 거실로 나가 출입문을 열었다.

우편배달부였다. 작은 손전등을 들고 전보지를 비췄다.

"아이고, 오늘 여기를 세 번이나 올라왔네요. 권영민 씨 맞나요?"

"예. 무슨 전보인데요?"

내 물음에 대답은 하지 않고 배달부는 이렇게 말했다.

"오늘 꼭 배달해야만 했어요. 내일은 휴일이라서. 그런데 이거 좋은 소식 같은데요. 당선 통지문이라니."

그는 전보지를 한 번 손전등으로 휙 비춰보고는 내게 내밀었다. 나는 어안이 벙벙한 상태로 전보를 받았다.

"축하해요. 크리스마스이브인데."

우편배달부는 이 말 한마디를 던지고는 곧바로 돌아서 층계를 내려갔다.

방으로 들어왔다. 나는 떨리는 손으로 전보를 펼쳤다.

'귀하의 작품이 신춘문예 평론 부문에 당선되었습니다. 이 전문을 받으시는 즉시 우리 신문사 문화부로 연락하여주시기 바랍니다. 중앙일보 문화부'

나는 방바닥에 털썩 주저앉았다. 믿어지지 않았다. 그러나 이 사실을 확인할 길이 없었다. 이미 밤이 깊었고 통행금지였다. 내가 사는 아파트 단지에는 공중전화통이 없었다. 나는 그날 크리스마스이브에 전보를 펴놓고 혼자서 꼬박 밤을 새웠다. 그리고 수없이 되물었다. 이게 사실일까? 혹시 친구들이 나를 놀리려고 전보를 친 것은 아닐까?

다음 날 아침은 크리스마스였다. 간신히 신문사 문화부에 연락이 닿았다. 전화를 받은 사람이 사실을 확인했다.

"권영민 씨가 제일 늦게 확인 전화를 하셨네요. 다음 수요일까지 당선 소감을 써 가지고 신문사로 나와야 해요."

나는 공중전화기를 놓았다. 손아귀가 땀에 젖을 정도였다.

나의 신춘문예 당선 소식은 금방 여기저기 알려졌다. 내 친구들이 나보다 더 흥분했다. 학교 대학신문에서 간단한 인터뷰도 했다.

그러나 나의 신춘문예 평론 당선은 전혀 축하받을 일이 되지 못했다. 이 소식을 들은 교수님은 나를 불러 호통을 치셨다.

"자네가 무슨 평론가야? 무슨 공부를 제대로 했나? 함부로 나대지 말아. 대학원에 들어와 학위를 끝내기 전에는 평론가라고 인정할 수 없어."

나는 축하와 격려의 말씀 대신에 무시무시한 협박을 당한 느낌이었다. 사실 나는 평론가가 되려고 신춘문예에 작품을 낸 것은 아니었다. 엉뚱하게도 현상금을 한번 따먹어보자는 생각으로 저지른 일이었다. 나는 아무 대꾸도 하지 못한 채 큰 죄를 지은 사람처럼 무릎을 꿇고 교수님의 말씀을 들을 수밖에 없었다.

문제는 시상식장에서도 벌어졌다. 나는 혼자서 시상식장을 찾았다. 신문사 기자분이 아니 왜 혼자냐고 물었다. 시상식장에 수십 명의 하객이 몰려왔지만 나를 축하하는 사람은 없었다. 왜 여자친구도 없느냐, 가족들은 아무도 없느냐, 꽃다발도 하나 받지 못하는 나를 보고 담당 기자가 어이없는 표정이었다.

시상식이 시작되었다. 심사위원 선생님들의 위엄이 섞인 축하의 말씀이 이어졌다. 당선된 소설 작품이 얼마나 잘 짜여진 것인지를 성명해주셨고 시가 얼마나 빼어난 언어 감각을 갖추고 있는지 칭찬했다. 그런데 나의 평론에 대해서는 이렇게 말했다.

“이번 평론 작품은 논리가 있고 관점이 분명하고 필치가 뛰어나다고 생각했어요. 그런데 아무래도 잘못 뽑은 것 같습니다. 오늘 이 자리에서야 당선자의 인사를 받았는데 알고 보니 지금 대학교 4학년생이랍니다. 심사위원들은 글을 쓴 사람이 한 사십은 넘는 젊은 학자가 아닐까 했습니다. 언제 이 대학생이 제대로 평론가 노릇을 할 수 있겠습니까?”

시상식장이 한바탕 웃음바다가 되었다. 물론 심사위원 선생님은 이렇게 마무리했다.

“그만큼 출중하다는 뜻입니다. 앞으로 우리 평단의 보물이 될 겁니다.”

하지만 나는 그 자리에 앉아 있기가 부끄러웠다. 수상 소감을 근사하게 적어 갔지만 나는 그저 큰절을 심사위원님들께 올리고 한마디 하고서는 물러섰다.

“죄송합니다. 심사위원님께서 말씀하신 대로 제가 언제 평론가 노릇을 제대로 할 수 있을지 저도 모릅니다.”

잊을 수 없는 선생님

내가 그 선생님을 다시 만나뵐 수 있게 된 것은 참으로 뜻밖의 일이었다. 그분을 다시 뵙기 전까지만 해도, 나는 지난 어린 시절의 일들을 제대로 돌이켜볼 여유조차 가지지 못하였다. 어쩌면 구차스러웠던 옛날을 떠올리는 것이 싫었는지도 모르겠다. 그런데 삼십 년에 가까운 세월 동안 한 번도 다시 뵌 적이 없었던 그 선생님께서 나의 중학 시절을 또렷하게 기억해주셨고, 나의 이름까지도 잊지 않으시고 불러주셨다. 나는 그 선생님과 대면하는 순간 몹시 당황하였다. 앞으로 내닫기에만 급급했던 그동안의 내 생활이 얼마나 실하지 못한 것인가를 나는 비로소 깨달았다. 그 선생님을 뵌 뒤에 나는 나의 중학교 시절을 고스란히 되찾았다.

어느 여름날의 일이었다.

방학이었지만 나는 매일같이 학교 연구실에 나가 박사학위 논문을 준비하고 있었다. 점심 시간에 구내식당에서 식권을 사 들고 배식을 기다리고 있는 중이었는데, 누군가 나의 이름을 부르는 것이었다. 학교 안에서 누가 나를 부른다면 으레 '권 교수' 또는 '권 선생'이라고 할 텐데, '권영민 교수' 하며 내 이름 석 자를 호칭하여 부르는 낯선 목소리에 나는 두리번거렸다. 식당 안에는 많은 사람이 자리에 앉아 있었지만, 낯익은 얼굴이 눈에 띄지 않았다.

그런데 식당의 중간쯤 좌석에 앉아 있던 초로의 신사 한 분이 자리에서 일어나 내게 손짓을 하고 있는 것이 아닌가? 나는 순간 멈칫하였다. 누굴까? 어디서 뵌 분일까? 나는 머뭇머뭇 그분의 앞자리까지 다가갔다. "나야. 자네 중학 시절에 과학을 가르쳤던……." 하시면서 그분은 내 손을 잡으셨다. 나는 깜짝 놀랐다. 삼십 년에 가까운 옛날의 중학 시절을 떠올렸지만, 그분의 성함은 나의 기억 속에 남아 있지 않았다.

너무나 당황해하는 나를 옆자리에 앉히면서 그분은 "너무 오랜만이니 얼굴도 생각이 안 나겠지. 그러나 자네는 옛날 중학생 시절의 모습이 여전히 그대로 남아 있네. 나는 한눈에 자네를 알아보았으니." 하시면서 당신의 함자를 직접 내게 가르쳐주셨다.

나는 그제사 선생님을 생각해냈다. 전교생이 숫자가 삼백 명을 약간 웃도는 조그만 시골 중학교에서 선생님은 우리들에게 과학을 가르쳐주셨다. 실험용 유리관 하나 제대로 갖추어져 있지 않았던 벽촌의 중학교에 부임해 오신 선생님은 헌 약병과 양철 조각과 철사 도막을 모아 실험 도구를 만들고, 우리들에게 과학 실험을 할 수 있도록 도와주셨다. 개구리를 잡아 해부해보던 날의 그 신비로웠던 느낌, 공부를 열심히 하여 반드시 고등학교를 거쳐 대학에까지 진학할 수 있도록 해야 한다고 격려해주시던 선생님의 모습. 이 모든 것들을 나는 까마득히 잊고 있었다니…….

나는 거듭 선생님께 사죄드렸다. 그러나 선생님께서는 오히려 무안해하는 나를 감싸 주셨다. 교장 연수 과정 강습으로 서울에 오신 선생님께서는 벌써 한 달이 넘게 우리 대학의 연수원에서 교육을 받고 계시다는 것이었다. 나는 점심 식사를 마친 후 선생님을 내 연구실로 모셔서 차를 대접했다. 그러고는 지나간 옛날 이야기를 나누었다.

선생님께서는 한번도 나와는 직접 연락이 닿지는 않았지만, 내가 대학 강단에 서게 되었다는 사실을 이미 알고 계셨고, 교장 강습을 우리 대학에서 받게 되었기 때문에, 혹시 나를 만날 수 있을지 모르겠다고 생각도 하셨다는 거였다. 그러나 중학을 졸업한 후 연락이 끊긴 옛날의 제자를 당신께서 먼저 찾아보시고자 하시지는 않았다. 한동안 같은 캠퍼스에서 오고가게 될 텐데, 다시 인연이 닿게 된다면 혹시 대면할 수도 있겠구나 하고 생각하셨다는 거였다. 나는 그 말씀에 더욱 죄송스러워 몸둘 바를 몰랐다.

선생님께서 연수원으로 돌아가신 후에 나는 한동안 옛날의 어린 시절로 돌아가 있었다. 이십 리가 넘는 산길을 걸어서 나는 중학을 다녔다. 그때는 번듯한 책가방 하나를 갖는 것이 소원이었다. 모두가 가난했던 시절이었기 때문에, 그 시절의 가난이 고통만은 아니었다. 나는 그 당시의 모든 것들을 아름다움이었다고 말하고 싶다. 서해안의 조그만 포구에서 호수같이 잔잔한 바다를 보고 자라난 나는 그 가난을 참고 견딜 수 있어야 한다는 삶의 방법을 그때부터 배우기 시작했다.

중학을 졸업할 무렵, 나는 거의 고등학교 진학을 포기한 상태였다. 아버지의 정치 바람으로 집안이 풍비박산이었다. 나의 고등학교 진학 문제를 걱정한 것은 오직 고등학생인 언니뿐이었다. 집을 떠나 외지의 고등학교에 유학할 만한 여유가 없다는 것을 알아차린 나는 학비와 숙박비를 국비로 충당해주고 있는 국립 실업계 고등학교에 특차로 진학해볼 생각을 했다. 그러나 색맹인 나는 자격 요건에서 제외되었다. 그때 내게 새로운 희망을 넣어주신 분이 바로 그 선생님이었다. 선생님은 반드시 인문계 고등학교로 진학해야 한다고 권하셨다. 열심히 공부하고 좋은 성적을 낸다면 그까짓 학비는 아무것도 아니라고 하셨다. 그리고 반드시 고등학교를 마친 후에 대학 진학을 해야 한다는 것이었다. 당시에 나는 그것이 무엇을 뜻하는 말인지 제대로 알지 못했다. 하지만 선생님의 권유대로 인근 도시의 고등학교에 억지로 진학했다. 장학생으로 선발되어 졸업 때까지 학비를 감면받았지만 나는 집에서 기차역까지 두 시간 가까이 걷고, 기차로 한 시간을 더 가야 하는 힘든 통학길을 면할 수가 없었다. 선생님의 권유가 아니었다면, 그나마 고등학교 진학을 생각할 수도 없었을 것이라는 생각을 나는 비로소 다시 선생님을 뵈온 삼십 년 뒤에 와서야 떠올리게 되었던 것이다.

나는 선생님께서 연수를 받고 계시는 동안 여러 차례 선생님을 학교에서 뵈었다. 내가 연수원 강의실에 찾아가 강습에 열중이신 선생님을 기다리기도 하였고, 선생님께서 내 연구실을 찾아오시기도 하였다. 그해 여름 더위 속에서 박사 논문을 정리하면서도 나는 늘 싱그러운 고향의 추억과 함께 지냈다.

선생님의 강습이 끝날 무렵, 나는 선생님을 우리 집으로 모시기로 하였다. 나의 아내도 남편의 옛 스승을 모시는 일에 몹시 조심스러워했고, 아이들도 아빠의 선생님께서 우리 집에 오신다고 법석을 떨었다. 그러나 선생님께서는 나의 초대를 한사코 사양하셨다. 우리 집에서 저녁 진지를 한번 대접해 올리고 싶다는 말씀을 드리자, 선생님은 요사이 젊은 아낙들에게 그런 일은 번거롭기만 할 것이라며 오히려 나를 만류하셨다. 게다가 선생이라고 하면서 당신이 내게 제대로 가르친 것이 없고, 옛날 고생하면서 생활하던 것을 보고 아무것도 도와준 일이 없는데, 이제 와서 무슨 선생 대접을 받겠느냐고까지 말씀하셨다.

나는 선생님의 완고한 고집을 짐작하고 있었기 때문에, 연수원 강의가 끝나는 시간에 맞춰 밖에서 기다리고 있다가 대기해놓은 택시로 선생님을 모셨다. 변변하게 차리지는 못했지만, 삼십 년 전 시골 중학생이 서울에 와서 살고 있는 모습을 선생님께 꼭 보여드리고 싶다고 나는 억지를 부렸다. 선생님께서는 더 이상 사양하시지 않았다.

나와 아내와 우리 아이들은 우리 아파트로 오신 선생님께 큰절을 올렸다. 모두가 선생님 앞에서 조심스러워하였다. 식사를 끝낸 후 차를 마시면서 선생님은 내 아내와 우리 아이들을 조용히 불러 앉히고는 나에게 자리를 비켜달라고 하셨다. 선생님께서 내 아내에게 하실 말씀이 있다는 것이었다. 나는 밖으로 나와 한동안 선생님의 말씀이 끝나길 기다렸다.

선생님을 다시 하숙집까지 모셔다드리고 집에 돌아왔을 때, 아내는 설거지를 마친 후 나를 기다리고 있었다. 나는 선생님께서 아내와 아이들에게 무슨 말씀을 하셨는지 궁금했다. 아내는 나를 한동안 바라보더니, "당신은 왜 중학교, 고등학교 시절 이야기를 한 번도 들려주지 않았어요?" 하고 물었다. 나는 "왜? 뭐, 할 얘깃거리가 없으니까 그랬지." 하고 얼버무렸다. 아내는 내게 이렇게 말했다. "선생님께서 가난이란 좀 불편한 것일뿐 부끄러운 일이 아니라고 하셨어요. 당신의 어린 시절에서 바로 그 사실을 확인하실 수 있었대요. 우리 아이들에게 반드시 당신의 어린 시절 이야기를 직접 들려주고 싶다고 말씀하시더군요." 나는 그 말을 듣고 속으로 가만히 "선생님!" 하고 되뇌었다.

선생님은 교장 연수를 마치고 다시 충청도로 내려가셨고, 나는 학위 논문을 마쳤다. 그런데 서울을 떠나시면서 선생님은 내게 더 큰 마음의 빚을 남겨놓으셨다. 젊은 시절에 건강을 돌봐야 한다면서, 학위 논문 쓰느라고 고생이 많았으니, 이제 몸조리를 잘하라는 당부와 함께, 평소에 알고 계셨던 한약방에 부탁하여 내게 보약을 지어 보내오신 것이었다. 당신의 출장비가 충분히 여유가 생겨 제자를 위해 보약을 짓도록 부탁하시면서 떠나셨다는 말씀을 한의원으로부터 전해 듣고, 나는 그날 밤 거의 잠을 이루지 못하였다. 선생님께서 내게 되찾아주신 나의 어린 시절이 밤새도록 내 곁에 한약 냄새와 함께 머물러 있었기 때문이었다.

4부

헌책의 향기

내 마음속의 큰 산

설악산 백담사 계곡의 물소리는 초여름을 껴안고 초록으로 흐른다. 뽀얗게 씻긴 돌을 휘감고 돌며 흐르는 물에 만첩 산중의 짙은 녹색이 그대로 물들었다. 올봄에 유난히도 날이 가물어 세차게 흘러내리던 물길도 힘을 잃었다는 주지 스님의 말씀을 들으면서 나는 골짜기로 불어오던 산골바람이 초여름 햇빛 속에서 잦아들고 있다는 것을 느꼈다.

나는 등짐처럼 짊어졌던 가방을 풀어놓고 완허당(玩虛堂) 넓은 방바닥에 팔베개하고 드러누웠다. 산중 적요를 깨치는 딱따구리 새의 나무 쪼는 소리가 탁탁탁탁 탁탁탁탁 극락보전에서 울리던 목탁 소리를 닮아가고 있었다. 나는 이 산중에서 처음 뵈었던 설악 무산 큰 스님을 떠올렸다.

1

벌써 스무 해가 훨씬 넘었다.

백담사에서 처음 만해축전이 열렸던 해의 일이다. 나는 오랜만에 백담사를 찾았다. 한용운의 문학을 새롭게 평가하는 심포지엄에서 나도 논문 하나를 발표하게 되어 있었다. 백담사는 한용운이 시집 『님의 침묵』(1926)의 작품을 집필한 곳으로 유명하다. 『님의 침묵』에 수록된 시는 지금까지도 그 창작 배경이 베일에 싸여 있지만, 이 깊은 계곡의 작은 산사가 한국문학 최고의 문제작을 만들어낸 문학적 성소(聖所)가 되었다.

백담사 경내를 들어서면서 나는 만해 한용운에 관한 생각에 잠겨 있었다. 그런데 이 산사에서 뜻밖에도 노스님을 한 분을 처음 뵙게 되었다. 허름한 승복의 노스님이 절간 마당에 떨어진 휴지 조각을 주워 호주머니에 넣고 있었다. 마치 만해 한용운의 형상처럼 그윽했다. 그 노스님은 나에게 합장하며 무얼 하는 분이신가 하고 물었다. 나는 대학에서 문학을 가르치는 교수라고 답하면서 "문학평론가 권영민입니다." 하고 머리를 숙였다. 그런데 이 스님은 내 말을 듣고는 크게 웃으면서 이렇게 말했다.

"쓸데없는 공부에 매달려 계신 분이구먼. 문학평론가라……."

나는 깜짝 놀랐다. 처음 뵙는 스님인데 이런 식의 대화에 어떻게 응해야 할지 생각이 나지 않았다.

"문학평론이라는 것은 그럴듯해 보이기는 하지만 참 허망하기 짝이 없는 언어의 그물질이지요. 바탕 자체가 없는 글이 되기 쉬우니까요."

나는 어이가 없었다. 비평 활동을 그래도 수십 년간 해오면서 이런 저런 책을 내기도 했는데, 이 노스님은 그것을 허망한 그물질이라고 지적하신 것이다.

"글이란 자기 혼이 담겨야 제 글이지요. 그런데 요즘 평론이라는 것은 대개 남이 만들어놓은 방법론을 빌려다가 다른 사람이 쓴 작품 가지고 왈가왈부 시시비비만 하지요. 그러니 허망할 밖에요."

노스님의 이어지는 말씀에 얼굴이 확 달아올랐다. 내 표정이 굳어 있다는 것을 눈치챘는지 그 노스님은 손가락으로 백담계곡을 가리키면서 내게 다시 한마디를 더 하셨다.

"옛날이야기가 있어요. 저 계곡의 깊은 못에 커다란 물고기가 간밤 폭포를 타고 오르면서 용이 되어 승천했지요. 그런데 거기 무어가 남아 있을 거라면서 사람들은 그 물속으로 그물을 던집니다. 물고기는 이미 용이 되어 등천했는데 그물에 무어가 걸리겠습니까?"

노스님은 말씀을 마치면서 "그냥 웃자고 하는 말입니다." 하고는 내 손을 한번 잡아주시고 너털웃음을 웃으면서 절간 안으로 들어갔다. 나는 노스님의 말씀이 아무래도 마음에 걸렸다. 어쩌면 나 자신이 해오고 있는 문학 공부의 허점을 그대로 지적하신 것 같았기 때문이다.

나는 그만 기가 죽었다. 백담계곡의 물소리만 산중에 가득했다. 나는 고개를 들고 산등성이로 눈길을 돌렸다. 높은 산봉우리에 안개구름이 띠를 둘렀다. 설악의 진면목이 드러났다. 나는 그 노스님이 궁금했다. 나중에 일행 가운데 한 분이 가만히 내게 알려주었다. 설악산 신흥사 회주이신 오현 스님이라는 것이다. 나는 또 한 번 화들짝 놀랐다.

큰스님과의 이 첫 만남이 큰 인연이 되어 나는 가끔 백담사를 찾았다. 지금은 인제에서 내설악으로 들어가는 길이 고속도로처럼 정비되어 있지만 백담계곡은 여전히 골짜기가 깊고 계곡을 따라 흐르는 물소리가 맑다. 거기에 만해 한용운을 닮은 큰스님이 지켜 계셨으니 그윽한 정신은 여전히 살아서 백담계곡을 흘러넘친다.

2

내가 현대불교문학상 평론 부문의 수상자로 선정되었다는 소식을 들은 것은 미국 하버드대학에서였다. 나는 대학의 초청을 받아 동아시아어문화과에서 한국문학을 전공하고 있는 대학원생들을 가르치고 있었다. 그해 봄 보스턴 케임브리지는 유난히도 철이 늦었다. 4월 말이었는데도 눈보라가 쳤다. 학교에서 돌아와보니 여러 차례 한국에서 전화가 왔었다는 표시가 보였다. 집에서 걸어온 전화였다. 내가 현대불교문학상을 수상하게 되었으니 시상식에 참가해야 한다는 연락을 받았다는 내용이었다.

나는 외국에 나와 있는 사람을 수상자로 선정한 것에 놀라 몇몇 지인에게 전화를 걸었다. 그리고 심사에 참여했다는 고려대 최동호 교수에게 고맙다는 말을 하면서 시상식에는 참가하기 어렵다는 사정을 이야기했다. 그런데 최 교수는 내 전화를 받고는 껄껄 웃으면서 백담사 오현 스님이 나를 추천했다면서 오현 스님이 심사회의장에까지 오셔서 나를 적임자로 지목했다고 말해주었다. 나는 오현 스님을 만해축전에서 두어 번 뵌 적은 있었지만 스님이 어떤 분인지 전혀 아는 바가 없었고 길게 말씀을 나누어본 적도 없었다.

그해 나는 시상식에 참가하지 못했다. 내 아내와 작은아들이 시상식장에 나갔지만 스님께 제대로 인사조차 드리지 못하고 상패만 받아 왔다. 미국에서 오현 스님께 어떻게 연락을 드려야 할지 난감했다. 나는 캐나다산 아이스와인 두 병을 구했다. 값이 제법 나가는 귀한 포도주였다. 가톨릭 신부님들이 아이스와인을 즐겨 드신다는 이야기를 어디선가 들은 적이 있었다. 나는 포도주병이 깨지지 않도록 단단히 포장하고 우체국에서 항공소포로 한국 백담사로 부치기로 했다. 그리고 두 통의 편지를 썼다. 하나는 오현 스님께 올리는 것이었다. 미국에 체류 중이어서 시상식에 참가하지 못했다는 말씀과 함께 큰 상을 받을 수 있게 배려하여주셔서 감사하다는 뜻을 전했다. 그리고 연말에 귀국하면 한 번 백담사로 찾아뵙겠다고 했다. 또 다른 한

통의 편지에서는 내가 금년도 현대불교문학상의 수상자라는 것을 밝히고 오현 스님께 감사 인사를 올리고자 절간으로 편지를 보내게 되었으니 혹시 이 소포를 받으시면 꼭 오현 스님께 편지와 함께 올려주십사고 적었다. 그리고 아이스와인에 대해서는 다음과 같이 적어 넣었다.

이 포도주는 캐나다에서 만든 아이스와인인데 겨울눈을 맞은 포도를 따서 담근 것이라고 합니다. 가톨릭 신부님들도 즐기시는 것이라 상관없을 듯하여 오현 큰스님께 올리고자 합니다. 큰스님께서 이걸 받으시고 크게 한 번 웃으셨으면 좋겠습니다. 허물하지 마시기를 빕니다.

절간의 스님께 포도주를 보내드리는 것이 아무래도 좀 걱정이 되었던 것이다.

소포를 부친 뒤 한 달쯤 지났는데 백담사 '무산' 스님한테서 한 통의 짤막한 편지가 미국으로 왔다. 나는 단번에 오현 스님께서 소포를 받으시고는 시자(侍者) 스님을 시켜 답장을 보내도록 한 것으로 알았다. 편지의 내용은 다음과 같았다.

현대불교문학상의 수상자가 되신 것을 축하합니다. 외국에 나가서 한국문학을 가르치고 계시다니 늘 평강하시기를 기원

합니다. 보내주신 편지와 포도주는 오현 스님께서 잘 받으셨고 문도들 앞에서 크게 웃으시면서 그 포도주를 자랑하셨습니다. 박사님 임무 마치고 귀국하시면 오현 스님을 만나실 수 있을 겁니다. 무산 합장

나는 미국에서 부친 소포가 아무 문제도 없이 한국 설악산 계곡의 백담사까지 전달된 것이 기뻤다. 더구나 무산 스님이 오현 스님께서 포도주를 잘 받았다는 답장까지 미국으로 보내주신 것이 반가웠다. 나는 곧바로 다시 무산 스님께 편지를 써보냈다. 오현 스님께 문안 인사도 올려주십사는 당부도 하면서 귀국하면 꼭 백담사에 찾아가겠다고 덧붙였다.

그해 연말에 나는 백담사 대신 서울 조계사 근처의 찻집에서 오현 스님을 뵈었다. 나는 무산 스님이 내게 답신까지 보내주셨던 말씀도 드렸다. 오현 스님은 내 말씀을 들으신 후 빙그레 웃으면서 "예, 고마운 선물도 무산으로부터 잘 전해 받았습니다. 그런데 무산이 바로 나 자신이랍니다. 산속 절간의 스님들은 이래저래 이름이 많지요."라고 말씀하셨다. 나는 처음에는 무슨 말씀인지 어리둥절하다가 뒤늦게야 '무산(霧山)'이 오현 스님의 법명이라는 사실을 알았다. 참으로 어이없는 실수를 했던 것이다. 나는 민망하여 다시 한번 죄송하다는 말씀을 드렸다. 스님은 웃으면서 이렇게 말씀하셨다.

"박사님의 마음으로는 무산과 오현이 다른 사람으로 보인 것이지

요. 그렇게 보신 것이 잘못은 아닙니다. 천지만물의 형상은 모두 보는 이의 마음에 달려 있으니까요."

3

무산 스님을 생각하면 세계평화시인대회(2005)를 생각하지 않을 수가 없다. 스님은 그 커다란 행사의 조직과 준비를 모두 내게 맡겨 주셨다. 절대로 문단에 미리 소문이 나가지 않도록 철저히 준비하고 세계의 저명 시인이 이 행사에 꼭 참가할 수 있도록 초청하라고 하셨다. 나는 북한의 시인까지 초대하여 금강산에서 전 세계의 시인들과 평화의 시를 낭송하도록 준비하겠다고 말씀드렸다.

한국의 광복 60주년을 기념하는 이 국제적 이벤트는 세계의 언론도 주목했다. 큰 잔치 때 생겼던 일들은 지금 생각해도 아찔할 정도다. 북한 시인의 초청을 위해 통일부의 도움으로 혼자서 평양까지 방문했던 일, 금강산 호텔에서 이루어진 시낭송회, 백담사 만해마을 '평화의 벽'에 걸린 평화시…… 모두가 다시 생각해보면 힘든 일이었다. 모두가 스님의 용단과 지원이 없었다면 전혀 가능하지 않았을 일이었다.

세계평화시인대회는 『평화, 그것은』이라는 기념시집 한 권으로 남았다. 세계 각국에서 이 축제에 참가했던 시인들이 손수 쓴 자필시 원고를 그대로 사진으로 옮겨놓고 이를 번역하여 소개한 시집이다.

시집의 첫 장을 열면서 시인들이 탄성을 질렀다. 그 정교하고도 무게를 잃지 않은 장정이 모두의 마음을 사로잡았던 것이다. 시집을 펼쳐보면서 미국의 계관시인 로버트 하스(Robert Hass)는 언제 이렇게 책을 만들었느냐고 묻는다. 준비 기간이 짧았다는 사실을 상기하면서 묻는 말이다. 나는 시인들과 함께 이 책을 이 자리에서 펼쳐볼 수 있도록 하기 위해 참으로 고생을 했노라고 털어놓았다. 사실 나는 시집보다 오히려 시인들이 자필로 쓴 시의 원본에 더 마음을 썼다. 원문은 그대로 모두 표구하여 백담사 만해마을에 영구 보존하기로 정했고 그것을 동판으로 제작하여 만해마을 입구 '평화의 벽'에 미리 걸어두었다. 만해축전의 첫날 모든 시인이 그 앞에 서서 임시로 전시했던 자신들의 작품을 둘러보았다. 하버드 대학 맥캔(David McCann) 교수가 노벨상 시인 월레 소잉카(Wole Soyinka) 시인과 함께 내게 물었었다. 이것도 당신의 생각이냐고. 나는 '무산 스님의 아이디어'라고 했다. 아마 자기들의 시 작품이 이런 식으로 한국의 강원도 산골 만해마을에 영구 보존될 것으로는 생각지 못했던 모양이다.

시의 잔치에서 빼놓을 수 없는 것이 시 낭송이다. 세계평화시인대회에 참가한 백 명이 넘는 시인들이 모두 자기 시를 한 편씩 읽었다. 금강산 호텔 특별무대에서 가졌던 낭송회는 북한 시인의 불참으로 맥이 빠졌다. 그러나 평화의 노래를 금강산에서 외칠 수 있었다는 것만으로 모두가 감정이 북받쳤다. 마지막 날 시집 출간 기념 만찬장에서도 시인들은 여전히 감격이다. 만찬장에서 이루어진 평화시 낭송의 마지막 장면은 조금은 진지하게 그러나 열정적으로 이어졌다. 시 낭송의 대미는 무산 큰스님이 장식하였다.

삶의 즐거움을 모르는 놈이
죽음의 즐거움을 알겠느냐

어차피 한 마리
기는 벌레가 아니더냐

이 다음 숲에서 사는
새의 먹이로 가야겠다.

큰스님의 등장은 당초 예정에 없던 일이었다. 자가본으로 펴내신 『만악가타집(萬嶽伽陀集)』에 수록된 이 작품으로 큰스님은 세계평화시인대회를 정리하고 싶으셨는지도 모른다. 만찬을 기다리시는 동안에 시 한 수를 지었노라고 내게 들려주신 것이 이 노래였다. '죽음' 혹은 '적멸'을 화두로 하는 이 작품의 제목을 큰스님은 '평화를 위하여'라고 고치셨다. 그리고 그것을 세계의 시인들 앞에서 큰 소리로 외었다. 영어 통역을 주로 맡았던 UCLA의 유영주 선생이 영어로 번역하였고 준비위원인 김은경 교수가 즉석에서 스페인어로 번역하여 소개하였다. 모두가 박수를 쳤다.

만찬장을 떠나면서 월레 소잉카 시인이 '마지막 시 낭송에 우리의 주제가 다 압축되었다.'라고 말한다. 그는 '대단한 분이군요.' 하면서 큰스님을 가리켰다. 나는 무산 큰스님이 낭송한 시가 짧은 한 수의 평시조 형태라는 것에 어깨가 으슥해진다. 그리고 노벨상에 빛나는 아프리카의 시인에게 3행으로 구성되는 우리 민족시 형식인 '시조'를 간단히 설명한다. 시조를 '삼행시'의 형태라고 말하자, 그는 이내 그 독특한 율격 패턴에 관심을 표시한다. 무산 큰스님이 시조시인이었다는 사실을 생각하면서 나는 세계평화시인대회의 대단원이 시조 한 수로 간단히 정리되었다는 점에 속으로 놀랐다.

남아연방에서 온 다이애너 패러스 시인이 내 어깨를 끌어당긴다. '정말 멋진 축제예요.'라고 말한다. 결코 잊을 수 없는 경험이란다. 점잖게 앉아만 있던 일본의 이쿠라 고헤이 교수도 연신 고개를 숙이면서 고맙다는 인사다. 폴란드에서 온 토마스 야스투룬 시인은 너무나 감동적이었다고 한다. 오스트리아의 여성 시인 자비네 숄은 성공적인 시의 축제라고 즐겁게 웃는다. 쿠바의 시인 피오 세라노는 내 손을 힘주어 잡으면서 원더풀을 연발한다. 미국의 계관시인 로버트 핀스키 교수도 내 어깨를 두드린다. 축하한다고. 터키의 투룰 타놀 시인은 내년에도 이런 행사를 할 것인가하고 묻는다. 맥캔 교수가 내 곁으로 와서 '정말 고생 많았습니다. 축하합니다.' 하고 말한다. 그리고 내게 묻는다. '내년에도 이런 식으로 놀래게 할 건가요?' 나는 손을 내저었다.

잔치는 끝났다. 그러나 여전히 큰스님의 시조 '평화를 위하여'가 마음을 울린다.

4

나는 서울대학교 퇴직한 후 일 년 동안 스님의 시조 읽기로 마음을 달랬다. 삼십 년이 넘도록 지냈던 대학의 강단을 내려서니 세상이 온통 어지럽다. 제발 쓸데없는 욕심을 부리지 말자면서 나는 마음을 다잡기 어려우면 스님의 시조집을 펼쳤다. 그리고 스님의 모습을 생각하면서 스님의 시조 작품을 모두 모아 전집 형태로『적멸을 위하여』를 엮었다. 나는 책을 들고 스님을 찾아뵈었다. 봉투에서 책을 꺼내 놓자, 스님은 그 책을 거들떠보지도 않으신다. 다만 한마디로 나를 책하신다.

"쓸데없는 짓으로 또 시간을 보냈구먼."

내가 엮은『적멸을 위하여』를 두고 하신 말씀이다.

내가 멀쭉한 표정을 짓자 스님은 이렇게 물으신다.

"이게 조오현의 전부입니다. 그러니 남에게 내놓기 부끄럽지요."

나는 "선의 세계를 시조로 평창하셨는데요."라며 웃었다.

"권 박사는 어떤 작품이 마음에 듭디까?"

스님의 시조 작품 가운데 하나를 골라보라는 말씀이다. 조심해야 한다. 대답을 잘 생각하여 올려야 한다. 나는 처음 스님을 만나뵈었던 때를 떠올린다. 평론이라는 것이 아무런 실속 없는 말놀이라고 일갈하셨지 않은가? 스님 앞에서 내가 펼쳐든 것이 연시조「산창을 열면」이다. 뒤에 나는 이 작품을 버클리대학 강의 시간에도 학생들과 함께 읽고 분석해보기도 했다.

스님은 "아하, 평론가의 눈이구먼." 하시고는 또 말이 없으시다.

이번에는 내가 비평적 안목에서라기보다는 평범한 독자로서 마음에 든다고 했다. 그랬더니 스님이 웃으신다.

"나는「허수아비」라는 작품을 내 시조 가운데 하나로 꼽습니다. 그런데 요즘은「아득한 성자」가 좋다는 사람들이 많아요. 모두 자기 안목으로……."

내가 이번에는 스님의 말씀에 토를 달아본다.

"사실은「절간 이야기」를 읽고 충격을 받았지요. 이런 형식의 이야기시(narrative poem)가 가능하다는 걸 처음 알았으니까요."

"권 박사가 평론가는 평론가네. 이름 붙일 줄을 아는 것을 보니."

내가 붙인 '이야기시'라는 말을 지적하신 것이다.

나는 더 이상 말씀을 드리는 대신에 스님 앞에서 천천히「산창을 열면」을 읊어본다.

화엄경 펼쳐놓고 산창을 열면
이름 모를 온갖 새들 이미 다 읽었다고

이 나무 저 나무 사이로 포롱포롱 날고……

풀잎은 풀잎으로 풀벌레는 풀벌레로
크고 작은 푸나무들 크고 작은 산들 짐승들
하늘 땅 이 모든 것들 이 모든 생명들이……

하나로 어우러지고 하나로 어우러져
몸을 다 드러내고 나타내 다 보이며
저마다 머금은 빛을 서로 비춰주나니……

이 작품의 텍스트 구조를 보면 시적 주제의 발전을 위해 외형적으로 평시조 세 편을 텍스트 내에서 세 개의 연으로 결합해놓고 있다. 그리고 연시조의 형식을 통해 산중의 새와 나무, 풀잎과 풀벌레, 산짐승들이 서로 어우러져 살아가는 모습을 그려낸다. 산중은 풀과 나무와 벌레들과 짐승들이 어울려 살아가는 자연 그대로의 모습이다. 모든 생명이 서로 어우러지고 스스로 자태를 드러내며 각자의 빛을 서로 비추면서 살아간다.

나는 시주 읊기를 마치고는 이 작품을 하나 꼽은 것은 연시조라는 시 형태를 위해 짜낸 시적 고안 때문이라고 내 비평적 견해도 넛붙인다. 스님은 그저 눈을 감고 내 이야기를 들으신다. 이 작품을 자세히 보면 첫째 연이나 둘째 연이나 마지막 연 어느 것도 실상은 독립된 평시조의 형태라고 하기 어렵다. 1연에서 셋째 행에 해당하는 "이 나무 저 나무 사이로 포롱포롱 날고……"는 전체 텍스트의 의미 구조에서 시적 정황을 제시하는 데에 목표를 둔다. 그리고 둘째 연과 셋째 연으로 이어갈 수 있도록 하는 의미의 연결을 통사적으로 요구할 뿐이다. 이러한 통사 구조는 2연에서도 비슷하게 이어진다. 2연의 "하늘 땅 이 모든 것들 이 모든 생명들이……"를 셋째 연과 이어놓고 보면, "하나로 어우러지고 하나로 어우러져"라는 3연의 초장과 통사적으로 직접 연결되는 것임을 알 수 있다. 하지만 이러한 통사적 인접성을 무시하고 의도적으로 시조의 형태를 고려하여 행과 연을 구분해놓고 있다. 이와 같은 텍스트 구조의 특징은 시행의 구분법에 대한 새로운 고안에 의해 가능해진 것이다. 산문에서의 의미는 행이 거듭되면서 지속되는 것이지만 시의 경우는 그 구조적 특성에 대한 인식을 위해 행의 구분이 필수적이다. 특히 시 읽기에서 행의 구분은 어법과 의미 구조에서 긴장 관계를 유지하도록 하는 핵심적 기능을 수행한다. 2연의 경우 행(초장 중장 종장)의 구분은 문장 단위와 일치되지 않는다. 여기서 드러나는 일종의 행간 걸침 현상은 행의 구분이 얼마나 의도적인 고안인가를 말해준다. 이 시조에서 행의 구분 자체가 시조의 격식을 뛰어넘으면서도 시적 의미 단위가 되는 연의 구분에 규칙성을 부여한다. 그리고 개방적이면서도 유기적 형태를 보이는 연시조를 창조할 수 있게 된다.

우주와 자연의 모든 사물은 그 어느 것도 혼자서 존재하거나 살아

갈 수 없다. 모든 사물과 생명은 끝없는 시간과 공간 속에서 서로 비추며 그 존재를 드러나게 하는 원인이 된다는 것이 화엄의 세계다. 첫 행에서 시적 화자는 『화엄경』을 펼쳐놓은 채 산창을 열어 보인다. 『화엄경』에서 말해주고 있는 화엄의 세계는 하나의 관념이 아니라 열린 산창을 통해 그대로 펼쳐진 실제의 자연과 다를 바 없다. 이름 모를 새들이 나무 사이로 날아든다. 그리고 풀벌레는 풀벌레대로 풀과 나무는 풀과 나무대로 살아 있는 모든 것들이 서로 어우러져 각각의 자태를 드러낸다. 이 자연의 어울림이 곧 화엄의 세계를 그대로 말해준다. 땅과 하늘, 우주의 모든 사물은 그 어느 하나라도 홀로 있거나 일어나는 일이 없다. 모두가 끝없는 시간과 공간 속에서 서로의 원인이 되며, 대립을 초월하여 하나로 융합하고 있다.

스님은 내 이야기가 끝나자 이렇게 말씀하신다.

"법계연기(法界緣起) 개념은 화엄사상의 골자이지요. 화엄의 세계에서 우주 만물의 현상과 본체는 결코 떨어져서는 있을 수 없답니다. 모든 현상은 각각 현상마다 서로가 원인이 되어 밀접한 융합을 유지하니까요. 여기서 하나는 하나의 위치를 지키고 모든 것은 모든 것의 면목을 유지한다는 것이 중요합니다. 하나가 없으면 모든 것이 없으며, 하나가 있으면 일체가 성립합니다. 화엄에서 가르치는 일즉일체(一卽一切) 일체즉일(一切卽一)의 논리가 그런 것이지요."

스님을 말씀을 다 마친 뒤에 「아득한 성자」를 길게 읊으신다.

하루라는 오늘
오늘이라는 이 하루에

뜨는 해 다 보고
지는 해도 다 보았다고

더 이상 더 볼 것 없다고
알 까고 죽는 하루살이 떼

죽을 때가 지났는데도
나는 살아 있지만
그 어느 날 그 하루도 산 것 같지 않고 보면

천년을 산다고 해도
성자는
아득한 하루살이 떼

이 시조를 사람들이 좋아한다고 다시 한번 강조한다. 나는 이 작품의 텍스트 구성이 흥미로웠다고 대답한다. 스님은 정색을 하면서 "그것도 비평적 견해인가?" 하고 물으신다. 나는 이 작품이 전체 5연으로 이루어져 있으나 2수의 평시조를 합쳐놓은 연시조의 형태를 갖추고 있는 것이 아니냐고 여쭙는다. 스님은 그냥 듣고만 계신다.

이 작품의 구조를 보면 1연부터 3연까지가 전반부이며 4연에서 5연까지가 후반부에 해당한다. 전반부는 자연스럽게 초장(1연), 중장(2연), 종장(3연)의 구분이 가능하다. 후반부는 4연에 초장과 중장이 이어져 있고 5연이 종장을 이룬다. 4연의 길이를 길게 만든 것은 텍스트 구성에서 의도적으로 초장과 중장을 합친 결과이다. 후반부의 5연에서 표현하고자 하는 시적 주제를 강조하기 위한 고안이 아니냐고 여쭈었지만, 스님은 대답을 대신하여 권 박사는 '하루살이'를 아느냐고 물으신다. 하루살이라는 작은 날벌레는 여름날 물가에 떼 지어 날아다닌다. 하루살이는 애벌레로 물 밑의 진흙이나 모래 속에서 일 년에서 삼 년 정도를 살아간다. 그러다가 성충이 되면 날벌레로 변태하여 물 위로 날아오른다. 그리고 이리저리 날면서 짝짓기를 한다. 짝짓기가 끝나면 수컷은 그 자리에서 죽어버리고 암컷은 바로 물가로 가서 알을 낳고는 죽는다. 날벌레로서의 짧은 삶은 대개 하루이틀로 끝난다. 하루살이라는 이름이 여기서 비롯되었다는 스님의 설명이다.

하루살이는 살아 있는 하루 동안에 해가 뜨고 지는 것을 모두 보고 이제는 더 이상 볼 것이 없다면서 알을 까고는 죽는다. 대자연에서 일어나는 순환의 진리를 터득하고 새 생명의 잉태를 준비하는 것으로 날벌레는 짧게 삶을 마감한다. 비록 짧은 삶이지만 그 속에 생사의 이치와 순환하는 대자연의 질서가 포함된다.

이 시에서 파격을 보이는 4연은 "죽을 때가 지났는데도/나는 살아 있지만/그 어느 날 그 하루도 산 것 같지 않고 보면"이라고 진술하고 있다. 시조 형식에서 초장과 중장을 그대로 한데 연결하여 텍스트에서 하나의 연으로 만들어낸다. 시조 형식으로는 초장 중장 구분을 없앤 대신에 사람 사는 제대로의 모습으로 살지 못한 화자 자신의 초라한 모습에 대한 회한의 감정을 솔직하게 토로할 수 있는 텍스트 내적 공간을 만들어낸 셈이다. 시조의 형식에서 종장에 해당하는 5연은 시적 의미의 전환을 시도하면서 구도자의 삶을 살아온 자기 모습을 돌아본다. 그리고 천 년을 산다고 해도 하루 동안에 자연의 질서와 생명의 이치를 모두 경험하고 있는 하루살이의 삶에 미치지 못함을 탓한다.

5

미국 뉴욕주립대학 하인즈(Heinz Insu Fenkl) 교수가 연락해 왔다. 하인즈 교수는 무산 스님의 시조에 빠졌다. 불교에 깊은 조예를 지니고 있으며 동양 사상이나 철학에도 해박한 지식을 가진 분이다. 그가 스님의 시조를 읽고 내게 들려준 이야기가 있다. 전 세계 시인들 가운데 선시(禪詩)를 직접 쓰고 있는 현역 시인으로 무산 스님을 첫손에 꼽을 수 있다고 했다. 게다가 스님의 선시는 그 의미가 아주 깊은데도 쉽게 이해된다는 점을 주목했다. 그는 스님의 단시조 가운데 선정(禪定)의 세계를 그려낸 단시조 108편을 골라 번역하여 『적멸을 위하여(*For Nirvana*)』(컬럼비아대학 출판부)를 수년 전에 발간했다. 그리고 다시 『절간 이야기』의 영역본을 준비하고 있었다.

하인즈 교수는 『절간 이야기』에 조오현 스님의 새로 쓴 서문을 꼭 실었으면 한다면서 내가 여름방학에 한국에 나가게 되면 한번 스님께 부탁을 올려달라고 했다. 나는 미국 출발 전 날 백담사 무금선원으로 연락을 했다. 식도암 수술을 받은 후 스님은 항암 치료를 받지 않고 그대로 절간에 머물러 계셨다. 한국에 도착하면 선원으로 큰스님을 찾아뵙겠다는 말씀도 전해드리도록 했다.

내가 백담사를 찾은 것은 5월 24일이었다. 부처님 오신 날이 지난 뒤였다. 시자(侍者)가 나를 스님 계신 곳으로 안내해주었다. 스님은 반갑게 나를 맞아주셨다. 많이 야위신 모습이었지만 그 카랑카랑하신 음성은 여전하였다. 큰스님은 내게 이렇게 물으셨다.

"박사님은 언제까지 버클리대학에서 가르치실 것인가요?"

"당초에 약속이 2021년까지입니다. 이제 절반이 지났습니다."

스님은 그 말씀을 듣고 큰 소리로 웃으시면서 이렇게 말씀했다.

"박사님 돌아오실 때까지는 살아 있을 겁니다. 의사도 한 삼사 년은 문제없다고 하였으니. 임기 다 마치고 맡은 일 잘 마무리하고 오세요."

나는 큰스님의 음성으로는 앞으로 십 년도 걱정이 없어 보이신다고 말했다. 그리고 하인즈 교수가 부탁한 영역『절간 이야기』의 서문 이야기를 말씀드렸다. 큰스님은 손을 내저었다.

"그 책에 무슨 서문이 필요하나요? 그냥 엮어내라고 하세요. 시작도 없고 끝도 없는 이야기인데…… 그렇지 않습니까?"

나는 그 말씀에 더는 책 이야기를 하지 않았다. 내가 자리를 뜨려 하자 큰스님이 이렇게 물으신다.

"그 책에 서문이 꼭 필요하다고 생각하십니까?"

내가 반갑게 "네" 하고 대답을 드리니 큰스님은『절간 이야기』가운데 일곱 번째 것을 서문으로 쓰라고 하셨다. 나는 분부대로 하겠다고 인사를 드린 후 방을 나왔다. 시자가 나를 따라오면서 큰스님이 오늘 아주 즐거우신 모습이라고 귀띔했다. 그러고는 걱정스럽게 내게 말했다.

"벌써 두 달 가까이 조석 공양을 거의 못하시지요. 겨우 미음 조금 넘기시는데 요즘은 그것도 힘들어하십니다."

큰스님 암 수술하신 부위의 식도가 거의 막혀서 음식을 삼키실 수가 없다는 것이었다. 곡차(막걸리)로 입을 축이실 뿐이라면서 한숨을 쉬었다. 다시 수술하여 식도로 관을 삽입해야 한다는데 큰스님은 그런 의사의 처치를 듣지 않으신다고 했다. 아무래도 큰스님이 걱정이라는 것이다.

나는 하룻밤 백담사에서 머물기로 하였다. 저녁 공양 끝나신 후에 잠깐 다시 큰스님을 뵈올 생각이었다. 그리고 시자가 정해주는 방에 들어와 가방을 풀고 노트북을 꺼냈다. 컴퓨터에 보관된 파일 가운데 내가 엮었던 큰스님의 시전집 『적멸을 위하여』(문학사상사)를 열었다. 거기서 『절간 이야기』의 일곱 번째 이야기를 찾았다. 그것은 「기쁘고 즐겁고 좋은 날」이라는 다음과 같은 이야기였다.

> 임제 스님의 법제자 관계(灌溪) 스님은 임종하던 날 시자와 한가롭게 차를 마시며 "……앉아서 죽는 것도[좌탈(坐脫)] 진기할 것이 없고, 서서 죽는 것도[입망(立亡)] 신통치 않고, 거꾸로 서서 죽는 것도[도화(到化)] 그리 썩 감심(感心)이 안 되니……. 옳지! 나는 이렇게 가야겠다." 하고 일어나 마당에 가서 잠시 서 있다가 한 발짝, 두 발짝, 셋, 넷, 다섯, 여섯, 일곱 발짝까지 걸음을 떼어놓더니 그냥 그 자리에서 걸어가던 모양 그대로 죽었답니다.
>
> 이 일화를 우리 절 늙은 부목처사에게 했더니 부목처사는 빼드렁니를 다 내어놓고 "살아보니 이 세상에서 제일로 기쁘고 즐겁고 좋은 날은 아무래도 죽는 날이 될 것 같니더." 하고 빙시레 웃는 것이었습니다.

그날 밤에 다시 큰스님을 뵙지 못했다. 큰스님은 절 아래 주민들을 불러 밤이 늦도록 말씀을 나누셨다. 대신에 나는 방에서 「기쁘고 즐겁고 좋은 날」을 몇 번이나 소리내어 읽었다. 그리고 밤잠을 설치면서 백담계곡 물소리를 들었다. 다음 날 아침 큰스님은 기운을 차리지 못하셨다. 나에게 서울로 올라가라고만 하셨다. 밖에 병원의 응급차가 도착해 대기하고 있었다.

그것이 마지막이었다. 설악 산문에 선원을 크게 열어놓고 현대 선시조를 개척하신 무산 스님은 2018년 5월 26일 열반에 드셨다. 큰스님은 기쁘고 즐겁고 좋은 날을 그렇게 택하셨다. 스스로 떠나실 날짜를 혼자서 가늠하셨던 것일까?

*

백담사의 적막 속에서 나는 밤새 뒤척거리면서 깊은 잠을 이루지 못한다. 이른 아침 예불 소리를 들으며 절간 마당을 거닐었다. 내 몸이 그대로 날아갈 듯 가벼워졌다. 물론 나는 그동안의 미국 생활에 찌들었던 객쩍은 사념의 꼬리마저 모두 비우지는 못했다. 그렇지만 열반에 드시기 전에 절간 머슴으로 평생을 살았다고 적어놓으신 큰스님의 자필 행장을 다시 생각했다. 나의 마음도 이제는 한결 편해졌다.

빼앗긴 책

나는 팔 년 동안 이어온 버클리대학의 한국문학 강의를 마무리했다. 버클리대학 한국학센터에서는 나의 퇴임을 앞두고 내가 브루스 풀턴 교수와 함께 펴낸 영문판 『한국문학이란 무엇인가?(*What is Korean Literature?*)』를 소개할 수 있는 강연회를 열어주었다. 이 자리에서 내가 소개했던 세 권의 책 이야기 가운데 하나가 '금지된 책'에 관한 일이다. 이런 이야기는 공개된 자리에서 한 적이 없지만 내가 학자로서 펴낸 첫 번째 책에 얽힌 이야기이니 감회가 새롭다.

벌써 사십 년이 지났으니 참으로 오래전의 일이다. 나는 1981년 모교인 서울대학교 국문학과의 교수가 되었다. 단국대학교에서 한국 현대문학을 가르치면서 박사 논문을 준비하던 중에 서울대학교로 자리를 옮겼지만 나는 학부 시절의 스승님과 스무 명에 가까운 선배 교수들 밑에서 늘 불안하고 초조했다. 그래서 서울대학교에 부임한 후 서둘러 『한국 근대소설론 연구』(1984)이라는 학위 논문을 마무리하였고 논문 내용에 포함하지 못한 다른 원고들을 모아 별도로 한 권의 책을 만들게 되었다. 1983년 7월 문예출판사에서 발간한 이 책은 『한국 근대문학과 시대정신』이라는 제목을 붙였는데 이것이 바로 내 첫 번째 저서였다. 이 책은 한국 근대문학의 형성기에 관한 새로운 자료의 해석 문제를 중심으로 한 것이 내용의 절반 이상을 차지하지만 해방 공간 문단의 좌우 분열과 문인들의 이념 선택에 따른 월북 문제를 최초로 다룬 내용도 함께 포함했다.

그렇지만 이 책은 보안사령부의 검열을 통과하지 못하여 일반에게 공개할 수 없게 되었다. 당시 한국 사회는 악명 높은 전두환 정권의 폭압적인 군부독재 상황을 견뎌야 했던 고통의 시절이었다. 언론과 출판에 대한 검열이 혹심했고 대학가는 늘 학생 데모로 혼란을 겪고 있었다. 보안사령부는 이 책의 내용을 사상적으로 불온 문서라고 낙인을 찍은 뒤 이미 인쇄한 책 2천 부와 함께 원판 지형도 압수했다. 출판사 사장님은 보안사령부로 끌려가 이 책을 어떻게 출판하게 되었는지 보름이 넘도록 혹독한 추궁을 당했다. 나는 편집장으로부터 이런 사실을 통보받은 후 아무에게도 이야기하지 못한 채 언제 나도 불려갈지 겁에 질려 공포에 떨고 있었다.

마침 여름방학 중이었다. 나는 학교 연구실에 나가지 않고 집 안에 들어박혀 있었다. 그러던 어느 날 대학에서 급하게 확인해야 할 일이 있으니 부총장실로 나와달라는 연락이 왔다. 부총장은 아주 걱정스러운 얼굴로 서류 하나를 내밀었다. 그 서류는 보안사령부에서 내려온 공문이었다. 귀교에 재직 중인 권영민 교수가 사상적으로 불온한 내용의 책자를 제작하여 유포하려던 중에 보안사에서 이를 적발하여 인쇄된 책을 모두 압수했다는 사실이 적혀 있었고 대학 당국에서 이를 철저히 조사하여 규정에 따라 처리하고 그 결과를 보고하라는 내용이 붙어 있었다. 부총장은 국립 서울대학교 교수가 불온 문서를 제작하여 유포하려 했다는 혐의를 받게 된 것은 참으로 유감스러운 일이라면서 어떻게 그런 책을 만들게 되었고 왜 보안사령부가 그것을 압수하게 되었는지 설명해보라고 했다. 나는 그 책이 박사 학위 논문을 작성하면서 조사한 내용을 정리한 것이라는 점, 해방 공간의 문단 분열과 이념 갈등 그리고 월북 문인 문제에 관해서는 문학사 연구의 연속성을 위해 반드시 정리되어야 할 문제라는 사실을 설명했다. 책을 보안사가 압수하게 된 것은 아마도 월북 문인에 관한 내용을 소상하게 밝혀낸 부분이 문제가 된 것이 아닌가 생각된다고 말씀드렸다. 당시 한국에서 월북 문인은 '반공법'에 의해 이적(利敵) 행위자로 분류되어 공개적 논의를 법적으로 금지한 상태였다.

부총장은 내 설명을 들은 뒤에 백지 몇 장을 내놓으면서 그 내용을 가감 없이 기록하게 하고 다시는 이런 문제를 일으키지 않겠다는 말까지 넣은 일종의 반성문에 해당하는 '경위서'를 작성하도록 했다. 나는 두어 시간을 부총장실 구석 자리에 앉아 백지 위에 그 내용을 소상히 적었다. 그리고 손도장까지 찍어서 이를 부총장에게 제출했다.

부총장은 이 사건은 아주 신중하게 다루어야 하므로 아무에게도 말하지 말라고 내게 당부했다. 이런 일을 겪은 뒤 나는 두어 차례 더 부총장실의 호출을 받았으며 『한국 근대문학과 시대정신』에서 소개했던 해방 직후 이기영, 한설야, 임화, 김기림, 정지용, 박태원, 김남천, 박세영, 설정식, 오장환, 이찬, 함세덕 등 좌익 문인들의 문필 활동과 관련된 저작물을 불온서적 불법 소지라는 이유로 모두 압수당했다. 내가 대학원 시절 청계천 헌책방에서 구했던 이기영 『서화』 『고향』, 임화 『문학의 논리』 『현해탄』, 정지용 『정지용시집』 『산문』, 김기림 『시론』, 박태원 『천변풍경』, 김남천 『대하』, 박세영 『산제비』, 설정식 『포도』, 오장환 『성벽』, 이찬 『대망』 등과 조선문학가동맹 편 『건설기의 조선문학』 등 모두 23권이 거기 포함되었다.

부총장은 이런 조치가 끝난 뒤에 이 사실을 국문학과 학과장에게도 통보해야 한다고 했다. 그 뒤로 나는 학과장실에도 불려갔다. 학과장실에는 박사학위 논문을 지도해주신 원로 교수님도 나와 계셨다. 두 분은 모두 내게 일어나서는 안 될 일이 일어났다면서 그런 책을 왜 그리 서둘러 출간하였는지를 걱정했다. 시국의 상황으로 보아 아무래도 그대로 넘어갈 것 같지 않다는 부총장의 걱정도 전하면서 학과에서도 조심스럽게 이 문제를 처리할 방안을 찾아야 한다고 했다. 나는 그저 죄송하다는 말밖에는 달리 할 말이 없었다.

그러던 중 어느 날 학과장실에서 연락이 왔다. 가보니 거기에 처음 보는 미국인이 앉아 있었다. 그분이 바로 하버드대학의 마셜 필 박사라는 것은 학과장님의 소개로 알게 되었다. 마셜 필 박사는 하버드대학 출신으로 1960년 4 · 19학생혁명 직후 서울로 유학하여 서울대학교 대학원에서 한국어와 한국문학을 공부하였고 1966년「현대 한국어의 비종결형 어미에 대한 연구 (A Study on Non–Conclusives in Modern Korean)」라는 논문으로 석사학위를 받았다. 그는 한국어 형태론에 관한 석사 학위 논문을 쓰기는 했지만, 당시 서울대학교 정병욱 교수와 연세대학교 김동욱 교수로부터 판소리에 대해 강의를 들은 뒤에 판소리의 독특한 예술 형태에 매력을 가지기 시작하였다. 서울 유학을 마친 후에 다시 하버드대학 박사과정에 입학하면서 한국의 판소리 연구에 전념하였고, 한국문학 작품의 번역 소개에도 힘을 기울였다. 그리고 1976년에 하버드대학에서 심청가의 음악적 형식과 그 사설 구조를 연구한「판소리 심청가 연구」로 박사학위를 받았다. 학과장은 마셜 필 박사에게 나를 하버드대학에서 초청하도록 도와달라고 말했다. 나는 영문도 모른 채 학과장의 얼굴을 쳐다보았다. 학과장은 권 교수가 지금 책 문제로 곤경에 처해 있는 것 같아서 이곳을 잠시 떠나도록 하려고 학과의 원로 교수님들과 상의했다는 것이었다. 학과장의 말씀이 끝나자 마셜 필 박사는 내게 걱정하지 말라면서 자기가 곧 미국으로 돌아가서 알아보고 가장 좋은 방법을 찾아 연락하겠다고 말했다.

그 뒤 나는 마셜 필 박사의 추천과 동아시아어문화과의 한국사 담당 에드워드 와그너 교수님의 도움으로 하버드대학 옌칭연구소 방문

연구자의 자격을 얻게 되었으며 왕복 여비와 체재 비용을 하버드대학이 부담하는 조건으로 정식 초청을 받게 되었다. 가족 전체의 여권을 만들고 미국 비자를 받는 일도 별문제가 없이 진행했다.

1985년 봄부터 다시 학내가 학생 데모로 시끄러워졌다. 그리고 갑자기 여기저기 신문에 운동권 학생들 사이에 은밀하게 불온 문서를 제작 유포하는 일이 발각되어 조사 중이라는 뉴스가 오르내리기 시작했다. 나는 학기가 끝나는 대로 미국으로 출국할 준비를 서둘렀다. 내 아내와 아이들은 그동안의 뒷이야기를 전혀 알지 못한 채 갑작스런 미국행에 모두 들떠 있었다. 그런데 1985년 5월 10일 문제가 터졌다. 이날 신문들은 일제히 사상 불온으로 당국에서 압수한 서적 목록을 발표했다. 그동안 정부 당국이 조사해온 이념 서적과 불온 유인물 가운데 이념 서적 233종과 유인물 73종을 대상으로 불법 유통을 차단하기 위해 대대적인 압수 수색을 하고 있다는 내용이었다. 이들 총 306종의 서적과 유인물은 모두 공산주의 이론을 찬양 고무하고 있으며, 좌경 불온 사상을 고취하고 사회 폭력투쟁과 노동투쟁을 선전 고무하여 사회 안녕질서를 저해하는 내용을 담고 있다는 것이었다. 앞으로 이들 서적에 대해서는 사정 당국의 엄격한 조사를 통해 법적 조치를 취할 것임을 예고하기도 했다.

나는 이 압수 대상 서적 목록에 나의 책 『한국 근대문학과 시대정신』이 포함되어 있는 것을 알았다. 나는 내가 펴낸 첫 번째 책이 불온서적으로 낙인찍혀 금지된 상태가 된 것이 부끄러웠고 압수 대상으로 지목되어 앞으로 철저한 조사가 이루어진다는 소식에 다시 겁이 났다. 미국행을 눈앞에 두고 어떤 일이 벌어질지 알 수 없었으므로 더욱 불안했다. 학과장도 이 뉴스를 보고는 무슨 일이 생길지 몰라 몹시 걱정했다. 하루라도 빨리 항공권을 구해 출국을 서두르는 것이 좋겠다고 했다. 나는 강의를 서둘러 마무리하고 6월 초에 미국행 비행기에 가족과 함께 올랐다. 다행히도 내 책과 관련해서는 미국으로 출발할 때까지 아무런 일도 일어나지 않았다.

나는 하버드대학에서 마셜 필 박사를 다시 만났다. 마셜 필 박사는 내가 가족과 함께 하버드에 무사히 도착한 것을 진심으로 축하해주었고 크고 작은 일들을 잘 안내해주었다. 그는 당시 하버드대학 서머스쿨 학장으로 일하던 중이었다. 내가 마셜 필 박사의 사무실을 찾아갔을 때 그는 서울대학교 대학원 시절 현대문학에 관한 강의를 제대로 듣지 못했다는 사실을 털어놓으면서 한국 현대문학 공부를 하고 싶다고 했다. 매주 두 차례 만나 한국 현대문학 공부를 같이하면서 자기에게 한국 현대문학에 관해 좀 가르쳐달라고 말하는 것이었다. 사실 마셜 필 박사는 나보다 열다섯 살이나 위였다.

우리 두 사람의 한국문학 공부는 1985년 8월 중순부터 시작되었다. 월요일 오후 4시에서 6시까지 금요일 오후 2시부터 6시까지 마셜 필 박사의 사무실에서 함께 만났다. 나는 금서가 된 『한국 근대문학과 시대정신』의 내용을 머리에 떠올리면서 근대문학의 성립 단계인

개화계몽 시대 문학에서부터 이야기를 시작했다. 그리고 할 수 있는 대로 최대한 자료를 정리하고 자세한 메모를 작성했다. 마셜 필 박사는 내 메모를 아주 소중하게 여겼고 내가 당대 문단의 배경에 대해서 소상하게 설명할 때는 늘 내게 그런 사실을 어떻게 다 알고 있느냐면서 흥미를 표했다.

한 달 정도 되었을 때 놀라운 사실을 내게 전했다. 동아시아어문화과 학과장을 만나 우리 두 사람의 한국 현대문학 공부 이야기를 했더니 내년 봄학기에 '한국 현대문학(Modern Korean Literature)'이라는 강의를 개설해보라고 말했다는 것이다. 그리고 얼마 되지 않아 학과에서 '한국 현대문학' 강의 개설 통보를 받았다. 나는 아무것도 몰랐지만 마셜 필 교수는 이 새로운 강의가 북미에 있는 대학에서 개설한 최초의 한국 현대문학 강의가 된다는 점을 자랑스러워했다. 우리는 강의 준비를 겸하여 문학 공부에 속도를 내었다.

1986년 봄학기 강의가 시작되었을 때 나는 큰 충격과 절망에 빠져들었다. 개강하는 날 한 명의 학생도 강의실에 나타나지 않았다. 학과에서는 몇 명의 학생이 수강 신청을 했는지 알 수 없다면서 두 주일 정도 지켜보자고 했는데, 그 뒤 학생 한 명만이 정식 수강 신청을 하고 강의실에 나왔다. 하버드의 교무 규정에는 최소 세 명 이상의 학생이 수강 신청을 할 경우에만 그 강의를 정식 강좌로 인정하고 있었다. 그렇기 때문에 이 강의는 결국 '실험 강의'라는 이름으로 기록될 수밖에 없었고, 학생을 위해 강의를 지속하고자 한다면 성적은 정식 학점으로 인정한다고 통보해 왔다. 그 뒤 청강생이 두 명 생겼지만 그들은 정식 수강생이 아니었다. 우리는 마셜 필 교수의 작은 연구실에서 서로를 위로하면서 이들을 위해 강의를 계속했다.

내가 일 년 동안 만났던 하버드대학 사람들은 누구도 내게 관심을 두지 않았고 내 전공인 한국문학에 대해 아무것도 묻지 않았다. 나는 한국문학 교수로서 내 신분이 얼마나 초라한 존재인지를 깨달았고 내가 스스로 세계문학의 중심부를 향해 나가지 않는다면 영원히 그 변방을 벗어날 수 없다는 사실을 알게 되었다. 마셜 필 교수는 내가 하버드대학에 머물러 있는 동안 내 나이 또래의 두 사람을 소개해주었다. 한 사람은 당시 코넬대학에서 일하고 있던 데이비드 맥캔(David McCann) 박사였고 다른 한 사람은 시애틀에서 활동하고 있던 한국문학 번역가 브루스 풀턴(Bruce Fulton) 선생이었다. 마셜 필 교수는 이들과 힘을 합치면 한국문학을 위해 무슨 일이든지 해나갈 수 있을 것이라며 자신 있게 말했다. 내가 그때 마셜 필 박사님을 통해 맥캔 박사와 풀턴 선생을 알게 된 것은 크나큰 행운이었다. 특히 1995년 갑작스럽게 마셜 필 교수가 세상을 떠난 후 맥캔 박사와 풀턴 선생은 나와 함께 한국문학을 영어권에 알리기 위한 여러 가지 프로젝트를 수행하는 학문적 동반자가 되었다.

1986년 여름 나는 일 년 동안의 하버드 생활을 마감하고 서울로 돌아왔다. 내가 펴낸 첫 번째 책 『한국 근대문학과 시대정신』은 불온

서적으로 낙인 찍혀 보안사로부터 압수된 후 그 실체조차 확인할 수 없게 되었다. 아무도 내 책의 행방을 묻는 이가 없었다.

내가 미국에서 돌아와 귀국 신고를 끝냈을 때는 아시안게임과 서울올림픽을 앞두고 민주화의 물결이 한국 사회 전체에 요동치고 있었다. 특히 올림픽 직전 한국 정부는 이념의 개방 조치를 추진하게 되었다. 나는 미국 하버드대학 옌칭도서관에서 틈틈이 정리해둔 북한 문학 관련 사항과 함께 1945년부터 1950년 사이의 월북 문학인 120여 명에 관한 자료를 모두 정리하여 대학 시절 은사였던 당시 정한모 문공부 장관실로 전했다. 우여곡절을 겪었지만, 정부는 반공법으로 묶어 이적행위자로 지목했던 월북 문인의 모든 작품에 대한 일반 공개를 결정하는 대대적인 해금 조치를 서울 올림픽 직전 단행했다. 한국 현대문학 연구의 새로운 지평이 열린 셈이었다.

나의 책 『한국 근대문학과 시대정신』은 금서로 낙인 찍혀 압수당한 후 복간하지 못했다. 대신에 나는 그 내용을 새롭게 보완하여 『해방 직후의 민족문학운동 연구』 『한국 민족문학론 연구』 『월북문인 연구』라는 세 권의 책을 펴냈고 나의 학문적 관심을 확대할 수 있게 되었다.

* 이 글은 미국 버클리대학에서 팔 년간의 강의를 마친 후 고별 강연을 겸하여 한국학센터에서 북토크(Book Talk) 형식으로 발표한 '나의 책에 관한 회고(Some Reminiscences about Books)'의 '금지된 책(The Banned Book)'의 내용을 간추려 정리한 것임.

어떤 만남 그리고 헤어짐

내가 김윤식 교수를 처음 만난 것은 서울대 문리과대학이 종합화 계획에 따라 관악캠퍼스로 이전한 뒤의 일이다. 벌써 사십 년이 지났다. 그때 나는 대학원을 마친 후 병역 의무를 끝내고 다시 학교로 돌아와 국문학과 조교로 일하고 있었다. 다른 대학에 시간강사를 맡아 하루 출강하는 일을 빼고는 매일 학과 사무실에 나가서 여러 가지 사무를 처리해야만 하였다. 관악캠퍼스에서는 문리과대학 국어국문학과에 서울대학교 교양학부 국어과가 통합되면서 인문대학 국문학과가 새로 만들어졌다. 문리대 시절과 달리 교수님들도 많았고 학생들이 늘어나서 학과 사무실은 한가한 날이 없었다. 더구나 유신독재 체제에 항거하는 학생 시위로 캠퍼스가 늘 어수선했다.

그 무렵부터 나는 문단의 말석에 끼어 잡지에 월평을 겨우 쓰기 시작하였다. 학과 사무실의 내 책상 위에 놓인 전화가 울렸다. 내가 전화기를 들자 굵은 목소리가 들렸다.

"나 김윤식이오. 내 방에 와서 차 한잔 하고 가소."

내가 대답도 하기 전에 전화가 끊겼다. 사무실에서 보조로 일하던 아르바이트 학생이 밖에서 들어오더니 내게 말했다. 사 층 복도에서 김윤식 교수님을 만났는데 권 선생 나와 있느냐고 물으셨다는 것이다. '무슨 일이 있으신가?' 나는 김 교수님의 연구실을 찾아갔다. 방문을 열고 들어서자 교수님은 기다렸다는 듯이 창문턱에 놓은 컵 하나를 집어서 내게 건네며 결명자 끓인 물을 따라주었다.

"앉소."

나는 의자를 끌어내어 자리에 앉았다. 무슨 일이 있는지 궁금했다. 김 교수는 읽던 책을 덮어두고는 앞뒤도 없이 이렇게 물었다.

"그래, 권 형은 앞으로 계속 평론도 쓸 생각이오?"

나는 무어라고 대답도 못 하고 엉거주춤했다. 그랬더니 다시 이렇게 말씀을 했다.

"평론이라는 게 그리 간단치 않은데…… 그렇게 힘들여 할 필요도 없는 일이고."

내가 "예?" 하면서 놀란 표정을 짓고 있으니 김 교수는 웃으면서 이렇게 말했다.

"내가 권 형이 잡지에 쓴 월평 보았어요. 그런데 소설 월평이라는 것은 그렇게 힘들여 쓰면 아무도 안 봐요. 월평이라는 것은 작가에게 한마디 말을 걸어보는 거지요. 말을 한번 슬쩍 걸어보면 그만입니다. 작가는 그걸 봅니다. 자기에게 비평가가 말을 걸어 오니까. 그런데 권 형은 너무 정직하게 머리로 짜내어 그 짧은 글에서 논리를 세워보려고 애를 쓰더구만. 작가는 자기 소설에 대해서는 조물주이지요. 자기가 만든 소설이라는 작은 세계를 완벽하게 장악하니까. 우리 작가들의 단수가 아주 높아요. 그러니 남의 말에 콧방귀도 안 뀌지요."

나는 이게 무슨 말씀인지 제대로 가늠할 수가 없었다. 그래서 아무 말도 못 하고 뜨거운 결명자차를 마시기만 했다.

"문단에 친구가 많소?"

나는 아니라고 답했다. 그럴 줄 알았다는 듯이 다시 말씀을 이었다.

"우리 작가들은 모두 똑똑하고 제 잘난 맛에 살지요. 영리하기가 어떤 경우에는 교활하다고 할 정도지요. 세상에 안 해본 일이 없을 정도로 경험도 많고 말솜씨도 좋고 술도 잘 마시고…… 그런 부류의 사람들과 머리로 싸우는 것은 바보입니다. 그러니까 월평에서 작품을 언급하는 것은 한마디 작가에게 말걸기를 해보는 정도여야 적당해요. 한마디 툭 던지면 됩니다. 그러면 작가들은 그게 무슨 뜻인지 다 눈치를 채지요."

나는 월평의 방법에 대한 김 교수의 설명에 놀랐지만 내 서툰 글이 너무 부끄러웠다.

"권 형, 차 좀 더 드릴까?" 하면서 김 교수는 이렇게 말씀을 맺었다. "그냥 반가워서 하는 소립니다. 국문과는 문학 연구를 중시하니까 문단 비평을 모두 우습게 여기지요. 그런데 권 형이 잡지에 글을 쓰니 너무 반가웠어요. 나도 십여 년 전에 권 형처럼 월평을 시작했을 때 꼼꼼하게 읽고 분석하고 따지면서……. 그런데 일반 독자들은 거의 그렇게 쓴 월평을 안 읽어요. 그래서 방법을 바꾸었지요."

나는 지금도 그 첫 만남의 장면을 잊을 수가 없다. 김윤식 교수의 월평은 그 특유의 '작가에게 말걸기'로 유명하다. 작가들과 맞서서 작가들을 긴장시킨다. 자기네 글을 꿰뚫어 보는 눈이 살아 있다는 것을 보여준다. 그렇게 언제나 문단의 현장에서 글쓰기의 감각을 유지해 온 비평가는 김윤식 교수밖에 없다.

내가 모교인 서울대학교 전임교수가 된 것은 1981년이다. 나이 서른셋이었다. 국문학과는 물론이고 인문대학 전체에서도 연치가 가장 낮았다. 나는 늘 긴장하고 살았다. 나를 대학 시절부터 가르치신 선생님들이 많았으니 당연히 조심스러울 수밖에 없었다.

김윤식 교수는 강의가 있는 날에만 주로 학교에 나왔다. 학과의 교수회의에도 거의 참석하지 않았고 학과 운영에 대한 의견을 내는 적도 없었다. 모든 일은 학과장에게 위임하고 궁금한 일이 생기면 내게 전화를 걸어 왔다. "권 형, 여기 오소. 차 한잔 마시고 가소." 이런 전화를 받을 때마다 나는 한 번도 다른 일을 핑계 대지 않았다. 김 교수의 연구실은 온통 사면이 책장으로 둘러싸여 있었는데, 작은 책상에 늘 원고지를 펼쳐두고 책을 읽고 있었다. 연구실에는 소파도 없었고 나무 걸상 두어 개가 있을 뿐이었다.

김윤식 교수가 반드시 참가하는 학과의 행사는 석사 박사 학위 논문 예비 발표회였다. 대학원 과정에서 일 년에 두 차례씩 봄과 가을에 치르는 논문 발표회는 엄숙함마저 느껴질 정도로 모두가 긴장해 있었다. 학과의 모든 전공 교수가 나와 앉아 있는 자리인 데다가 대학원 과정을 이수 중인 학생들은 모두 참관해야만 하였다. 학위 과정을 마무리하면서 자신이 연구한 과제의 결과를 처음으로 바깥에 소개하게 되니 발표자들은 고개를 제대로 들지도 못할 정도였다. 발표자에게는 석사 논문의 경우 삼십 분 정도 발표 시간이 주어진다. 박사 논문인 경우는 사십오 분 정도로 길게 발표를 해야 했다. 발표가 끝나면 교수들이 돌아가면서 질의와 강평을 했다. 그리고 마지막으로 지도교수가 논문 준비 과정에서 생겼던 일도 소개하고 논문의 주안점도 보충하여 설명하기도 한다.

이 논문 예비 발표에서 발표자가 가장 두려워하는 것이 교수들의 질문과 강평이었는데, 특히 김윤식 교수를 무서워하였다. 김 교수가 발표 논문에 대해 어떤 부분을 지적하면서 질문을 하는 경우는 그 논문이 비교적 잘 준비되었을 때였다. 김 교수는 어떤 부분을 왜 그렇게 설명했는지도 묻고 또 어떤 문제에 대해서는 서양의 어떤 이론서를 들면서 그 책을 읽었느냐고 묻기도 했다. 이런 질문을 받는 발표자는 안도해도 좋았다. 그런데 이렇게 질문하지 않고 김 교수는 마이크를 잡자마자 다그치기도 했다. “이런 쓰레기 같은 이야기를 지금 어디서 늘어놓고 있느냐?” “이렇게 자기 글에 자신이 없는데 무슨 공부를 한다고 나대느냐?" "당장 집어치워라." 하고 불호령을 치는 경우도 많았다.

그렇게 호되게 야단을 치고 김 교수는 늘 학문하는 자세를 강조했고, 학문하는 것에 대한 자부심을 내세웠다. 그 자리에서 야단을 맞은 학생들은 그날 밤 자기들끼리 모이는 뒤풀이에서 폭음하며 괴로워했다는 이야기도 나는 들었다. 하지만 모두가 김 교수의 말씀을 소중하게 여겼다. 그 엄정하신 분이 발표회에서 야단을 친 학생을 그대로 물리치지 않고 다시 연구실로 불러 논문의 문제점을 소상하게 지적해주었고, 당신이 보던 책을 꺼내어주고는 한번 자세히 읽어보라고 건네주기도 했다는 이야기를 전해 들은 적도 있다. 학위 과정을 이수한 사람들은 김 교수의 이 투박하면서 때로는 자상한 가르침에 커다란 감화를 받았다. 그리고 자기 논문의 내용에 대해 김윤식 교수가 질문을 해왔다는 사실을 늘 자랑처럼 기억하려 하였다.

김윤식 교수가 자동차 운전면허를 따고 자가용 차를 몰고 학교로 출근한 것은 한동안 학생들은 물론이고 교수들 사이에서도 화젯거리였다.

어느 날 오후였다. 김 교수가 예의 그 낮은 목소리로 "오소. 차 한잔 하고 가소." 하며 전화를 하였다. 내가 연구실 문을 열고 들어가 보니 방 안에 결명자 끓이는 냄새가 가득했다.

"여기."

김 교수는 내게 결명자차를 한 컵 따라준다.

“이게 눈에 좋다네요. 눈을 맑게 한다구 권해서.”

내가 묻지도 않은 말을 혼잣말처럼 “눈은 평생 잘 간수하고 사용해야 하니까.” 하면서 결명자차를 마셨다. 그러고는 그날 아침 출근길에 일어났던 황당한 자동차 사고 이야기를 꺼내는 것이었다.

“오늘 아침에 내 차가 운전 중에 고장을 일으켰어요.”

나는 깜짝 놀라서 어디 다치신 곳은 없느냐고 물었고 차는 어떻게 되었느냐고 했다. 그랬더니 김 교수는 “어, 참……” 하면서 이렇게 말했다.

“아파트 주차장에서는 아무 일이 없이 잘 나왔어요. 큰길로 나섰는데 오늘은 차들이 많아서 한강 다리로 들어서는 데 꽤 시간이 걸렸지요. 막 다리 위로 들어섰는데 갑자기 차가 이상해집디다. 앞 유리창에 검정 막대기가 이리저리 왔다 갔다 하는데 도통 멈추지를 않아요. 나는 놀라서 다리를 다 건너와서는 길가에 차를 세웠지요. 그리고 시동을 끄니까 그 막대기가 턱 하니 유리창 위에 걸터올라 움직이지 않는 겁니다.”

나는 무슨 말씀인지 대충 짐작을 했지만 뒷이야기가 더 궁금했다.

“그래서 공중전화로 보험회사에 연락을 했어요. 당장 와서 차를 손봐달라고. 거의 사십 분 정도가 지나서 보험회사가 보낸 수리기사가 차를 몰고 나타났어요. 무슨 고장이냐고 물어서 내가 설명을 했더니 시동을 한번 걸더군요. 그리고 무언가를 손댄 것 같은데 그 유리창

위의 막대기가 두어 번 움직이다가 멎어버리는 겁니다. 수리기사가 차에서 내리더니 자동차의 보닛을 들어 올려 보고는 이내 쿵 하고 내리닫아요. 그러고는 다 고쳤다고 합니다. 그래서 다시 물었지요. 정말 아무 문제 없느냐고. 기사는 젊은 녀석인데 픽 한 번 웃고는 날 보고 운전 조심하라면서 돌아갑디다."

나도 웃을 수밖에 없었다. 그리고 차 앞유리창의 와이퍼에 대해 내가 설명하니 "권 형이 차에 대해서도 잘 아시네." 하고 웃었다. 그 뒤 김 교수는 차를 오랫동안 몰고 다니지는 않았다. 가끔 학교에 나오는 경우에도 택시를 이용하거나 사모님이 운전하는 차를 얻어 탄다고 하였다. 그러면서 "나는 아무래도 두 다리로 걷는 것이 편해요." 하시는 것이었다.

국문학과에서는 해마다 대학원생을 중심으로 전국 각지로 학술 답사를 떠난다. 여간해서 그런 행사에 나서지 않던 김윤식 교수가 충청도 진천 조명희의 고향과 아산 이기영의 고향을 찾아가는 답사에 참여했다. 내가 답사반 지도교수로 인솔 책임자가 되었는데, 학부생들도 몇 명이 자발적으로 답사에 참가했다.

진천 벽암리에서 조명희와 조벽암의 친지들을 만나고 생가 터를 돌아보는 동안 김윤식 교수는 대학원생들에게 소련 시대의 조명희와 그의 죽음에 관해 설명해주었다. 모두가 점심을 먹은 뒤 읍내 시장 옆의 빈터에 세워둔 버스 있는 곳으로 이동했다. 김 교수는 언제나 버스의 맨 앞자리에 앉았지만 아무도 그 곁에 동석하려 하지 않았다. 모두가 김 교수를 어려워하였던 것이다.

대부분의 학생이 버스에 올라탔는데 키가 작은 학부 여학생 하나가 맨 마지막으로 골목의 상점에서 아이스크림을 두 개 사 들고 달려왔다. 나는 김 교수의 바로 뒷자리에 앉아 있었다. 그 여학생이 차에 오르자 갑자기 앞자리의 김 교수가 여학생을 손으로 가로막았다. 그러고는 "그거 나 하나 주소." 하는 것이었다. 여학생이 멈칫하다가는 손에 들고 있던 아이스크림을 김 교수에게 드린다. 김 교수는 뜻밖에도 아이스크림을 받아 들고는 그 여학생에게 옆자리에 앉도록 권하는 것이다. 그 학생이 뒤쪽으로 가겠다고 하였지만 나도 눈짓으로 그냥 그 자리에 앉으라는 시늉을 했다.

김 교수가 그 학생을 곁에 앉게 한 후 주고받는 대화를 나는 유심히 엿들었다.

"이게 그렇게 맛이 있나?"

"예. 엄청 시원하고 맛있어요. 제가 봉지를 뜯어드릴까요?"

"아니야. 내가 뜯지."

아이스크림을 먹는 동안은 대화가 끊겼다. 버스가 다음 행선지로 출발했다.

김 교수가 학생에게 묻는 말이 들렸다.

"거기 무어가 들었나?"

학생이 한쪽 손에 들고 있는 작은 손지갑이었다. 학생은 학생증,

주민등록증 그리고 아무것도 없다고 했다. 그런데 이번에는 김 교수가 그 지갑을 이리 달라고 한다. 학생이 별거 없는데요 하면서 지갑을 펼쳤다. 천 원짜리 몇 장이 그 안에 담긴 것이 뒷자리의 내 눈에도 들어 왔다. 김 교수가 그 지갑을 받아 들더니 호주머니에서 무언가를 꺼냈다. 돈 만 원짜리 두 장이었다. 김 교수는 그 돈을 학생의 천 원짜리 몇 장 사이에 끼워 넣고는 지갑을 학생에게 돌려준다. 학생이 놀라면서 말을 못 하고 있자 김 교수는 조용히 이렇게 말했다.

"내가 아이스크림 값을 주는 거야."

나는 그 말을 듣고는 눈을 감았다. 그리고 지그시 입술을 깨물었다.

김윤식 교수가 서울대학교를 퇴임하던 해였다. 곧 연구실을 치우겠다며 내게 전화를 하였다. 그날 나는 김 교수와 함께 교수식당에서 점심을 하고는 같이 교정을 걸었다. 김 교수는 생전 묻지 않던 일들을 내게 물었다. 아이들 잘 공부하고 있느냐, 마나님(내 아내)은 건강하냐, 고향인 충청도에는 자주 내려가느냐, 등등. 나는 천천히 걸으면서 이런저런 이야기를 소상하게 들려드렸다. 이야기 끝마다 "아, 그렇구만." 하면서 김 교수는 내 이야기를 받았다.

나도 김 교수께 퇴임 후 어떻게 소일하시겠냐고 물었다. 김 교수는 고개를 들어 관악의 정상을 한번 올려다보고는 이렇게 말했다.

"내가 요즘 아주 운동을 많이 합니다. 같이 산에 오르던 출판사 사장이 세상을 떠나는 바람에 산에 가는 것은 끝내고 요새는 한강변을 걷지요. 매일 두어 시간은 족히 걷는데 아주 기분이 좋아요. 내 몸 간수는 철저히 하려고. 우리 집 할망구가 건강이 좋지 않으니 내가 돌보아야 할 때가 올지도 모른다는 생각을 했어요. 그래서 더 열심히 걷지요."

나는 한강변 산책이 아주 좋겠다고 맞장구를 쳤다. 그리고 이제는 좀 쉬어가면서 글을 쓰시라고 권했다. 뒷사람들도 좀 할 일을 남겨두시라고. 김 교수는 아무 대답을 하지 않았다.

도서관 뒷길을 돌아 버들골까지 갔다가 돌아오는 길에 학생회관의 식당 구석에 차려놓은 커피숍에 들렀다.

"이 집 커피가 그래도 맛이 있어."

김 교수는 커피잔을 들고 혼잣말을 했다. 그러고는 내게 이렇게 말해주었다.

"생각해보니 나는 참 복이 많은 사람입니다. 이 좋은 학교에서 똑똑한 학생들과 평생을 살았으니……. 내가 하고 싶은 말을 다 하고, 읽고 싶은 책을 다 읽고, 쓰고 싶은 글을 다 썼다고 생각해요……. 하지만 그래도 아직 할 일이 남아 있을 것 같아요. 그런데 권 형은 그런 거 못 느끼시오? 여기 관악의 우리 자리가 중요하다는 것…… 이제 그만두려니까 이 자리가 더 소중하다는 생각이 듭니다……. 나는 성격이 못되어서 남들과 잘 어울리지 못하고 평생을 집에서 학교만 왔다 갔다 했는데…… 그래도 아무것도 할 줄 모르는 나를 받아주고 나를 인정해준 곳은 이곳 학교뿐이오……. 나는 작가들과 맞서려고 참 품을 많이 팔았는데…… 내가 쓴 글은 모두 발로 쓴 것이지요. 여기 저기 찾아다니면서 자료를 뒤졌으니……. 요즘 학생들은 너무 똑똑해서…… 아무도 이런 공부는 안 하려고 하니 걱정이오."

나는 이런 말씀에 아무런 대꾸도 하지 못했다. 이제 학계의 후배들이 그리고 제자들이 모두 자기네 몫을 다하고 있으니 걱정 마시라는 말씀을 드리지 못했다. 그저 앞으로 건강 잘 챙기셔야 한다고만 했을 뿐이다.

김윤식 교수님이 세상을 떠나셨다.

미국에서 이 소식을 들었던 밤에 나는 혼자서 김 교수님을 생각하며 술을 마셨다.

우리 후학들을 언제나 겁먹게 만들었던 어른이 가셨다.

문단 한복판에 늘 서 계시던 평론가, 글을 읽고 쓰는 자세에 대해 항상 고심하던 큰 학자, 그리고 우리들 모두에게 스승이셨던 김윤식 교수님을 다시는 뵐 수 없게 되었다.

이런 식의 회고담을 선생님의 영전에 올려야 한다는 것도 나는 가슴이 아프다. 우리 문단에 이렇게 열정적인 비평가가 없었는데 앞으로 김윤식 교수님과 같은 문학 연구가를 다시 만나기 어려울 것이라는 생각에 떠나신 자리가 더욱 허전하게 느껴질 뿐이다.

헌책의 향기

책이라면 당연히 막 인쇄되어 나온 신간의 책장을 넘기는 순간에 맛보는 기쁨이 최고다. 아무도 손대지 않은 새 책의 책장을 넘길 때 느껴지는 서늘한 느낌(?)은 어느 것과도 견줄 수 없을 정도이다. 책장에서 풍기는 인쇄 잉크 냄새도 잠깐 스스로 눈을 감게 만드는 특이한 향취가 있다.

헌책방에서 구한 낡은 책, 하지만 내가 꼭 가지고 싶었던 귀한 책을 책상 위에 펼쳐놓았을 때의 기쁨을 어떻게 표현할 수 있을까? 헌책은 누군가에 의해 버려진 것이다. 처음에는 돈을 주고 사서 소중하게 읽은 후 소용이 없어지면 내다 버린다. 헌책에서 묻어나는 것은 흘러간 시간의 내음만이 아니다. 그것이 돌고 돌아오면서 묻혀온 사람과 장소의 향취도 짙게 풍긴다. 나는 이 독특한 책의 냄새가 그리 싫지 않다.

헌책은 언제나 그 책을 샀던 사람의 이야기를 함께 안고 온다. 책의 속표지에는 당연히 처음 책을 산 사람이 자기 이름을 써놓았다. 어떤 책은 책을 산 날짜와 책방 이름까지 적혀 있다. 그리고 그 책을 샀을 때의 자기 결심이나 심정 등을 짤막한 문구로 '새로운 각오로!'라든지, '나의 청춘을 위해!'라고 적어넣은 것도 있다. 누군가에게 누군가가 사서 선물한 책도 많다. '사랑하는 ○○○에게'라는 서툰 펜글씨가 아련한 연애의 한 장면을 떠올리게 한다. 책장의 행간에 수없이 그어진 밑줄로 보아 이 책의 소유자가 얼마나 열독(熱讀)을 했었는지를 헤아릴 수도 있다.

그 시절 청계천5가 부근 천변 상가에 헌책방들이 늘어서 있었다. 교복을 입고 가방을 든 학생들이 늘 거리에 넘쳤다. 내가 청계천 헌책방 거리를 처음 찾았던 것은 대학생 때였다. 벌써 반백년 가까운 세월이 흘렀다. 동숭동 문리대 정문을 나서서 대학천이라고 불리던 개천변을 따라 내려가면 종로 6가에 이르기 전부터 천변에 잇달아 붙은 작은 가게들이 모두 책방이었다. 크고 작은 간판을 내걸고 있는 책방들은 바로 막 출간된 신간서적 광고와 함께 헌책을 무더기로 쌓아두고 있었다. 나는 학교 강의가 일찍 끝난 날이면 이 헌책방 거리를 돌아다녔다.

서울 시내의 헌책방은 청계천 헌책방 거리가 그 규모가 가장 컸다. 신촌로터리에서 마포 쪽으로 빠지는 길가에도 헌책방이 많았고, 돈암동 일대에도 헌책방이 여럿 있었지만 중고등학교 교과서나 참고서를 사고 파는 곳들이 대부분이었다. 그러나 대학천변과 청계천 헌책방은 고서들을 수집하고 판매하는 곳들이 많았다. 물론 인사동 골목에도 헌책방이 있었다. 안국동 쪽에서 인사동길로 접어들면 전통의 고서점 '통문관'에서부터 '경문서점'이니 하는 꽤 규모가 큰 고서점들이 있었다. 주로 고서 한적을 취급하는 곳들이었는데, 해방 전에 출간된 서적들도 많았다. 인사동의 고서점은 청계천과는 달라서 판매하는 책의 상태가 좋은 선본(善本)들이 많았는데 가격이 그만큼 비쌌다.

나는 아르바이트 월급날이면 으레 청계천 헌책방을 찾았다. 내가 사볼 만한 책이 있는지 헌책방들을 둘러보기 위해서다. 헌책방 순례는 언제나 인내심이 필요하다. 시간도 여유가 있어야 한다. 반드시 내가 찾아야 하는 책을 처음부터 정해놓을 필요도 없다. 어쩌다 보면 전혀 예상치 못한 책이 엉뚱한 책방의 책 무더기 속에 끼어 있을 수도 있기 때문이다. 그러므로 헌책방 순례는 언제나 하릴없이 이루어지는 도심의 산책이라고 할 수 있다.

청계천의 헌책방들은 도대체 어디서 생기는 수입으로 가게를 유지하고 있는지 알 수가 없었다. 하루에 드나드는 손님도 뻔했고 사고 파는 헌책의 가격도 너무 헐값이어서 거기서 무슨 이익이 남을 것 같지 않았다. 나는 그때 언제나 책 한 권에 백오십 원이 넘는 것은 사지 않는다는 나름의 계산법을 지켰다. (1960년대 말기 서울대학교 한 학기 등록금이 만 이천 원 정도였던 것으로 기억된다.) 당시에 내가 아르바이트를 하여 한 달에 벌어들이는 수입이 이천오백 원 정도였다. 그 돈으로 나는 한 달 생활비를 모두 감당해야 했다. 자취방의 월세, 식비, 교통비 등을 미리 계산해두고 나면 기껏 남는 돈은 몇백 원이 넘지 않았다. 그것도 내게는 상당한 액수의 돈이어서 나는 아르바이트 월급을 받는 날은 부자가 된 듯한 느낌이었다.

헌책방 가운데 중고등학교 교과서나 참고서를 취급하는 책방은 아예 내가 들를 필요가 없는 곳이었다. 너무 깔끔하게 정리된 책방도 나는 별로 좋아하지 않았다. 헌책방은 헌책방다워야 한다는 것이 내 생각이었다. 출입문도 좀 엉성하고 책도 여기저기 무더기로 쌓아두고 무슨 책이 어디 있는지 한참 두리번대야 하는 그런 책방이 좋았다. 물론 주인도 가게에 들어서는 손님에게 별 관심을 두지 않고 자기가 읽던 신문이나 잡지책에서 눈을 떼지 않아야 했다. 그래야만 내가 마음 편하게 서가를 훑어볼 수 있었던 것이다.

내가 청계천 고서점가를 둘러보면서 책을 사기 시작한 것은 가난한 대학원 시절부터다. 나는 곧잘 청계천 헌책방 순례를 하곤 했다. 몇 군데 서점은 주인도 나를 알아볼 정도로 친했다. 청계천 헌책방에서 샀던 책들 가운데에는 지금도 내 서가에 꽂혀 있는 것들이 있다. 처음에는 주로 대학 강의를 들으면서 교수님들로부터 이야기를 들었던 참고용 서적이다. 김동욱 교수가 쓴 『춘향전 연구』, 이병기 선생의 『가람문선』, 조연현 선생의 『한국현대문학사』 정병욱 교수의 『국문학

산고』 등이 바로 그런 책이다. 이어령 교수의 비평집 『저항의 문학』도 그 무렵 헌책방에서 산 것이고 김기림의 『시론』도 마찬가지였다. 나는 고등학교 시절부터 이상의 소설에 관심이 많았다. 한국문학전집 속에 수록된 이상의 소설들을 혼자 낑낑대면서 읽었었다. 김기림 편 『이상 선집』도 학부 시절에 헌책방에서 샀다. 그 무렵에 신간으로 나온 『이상 전집』(임종국 편, 태성사)을 거의 반값에 산 것도 헌책방에서였다.

나의 헌책방 순례는 대학이 관악캠퍼스로 이전하면서 사실상 끝이 났다. 우선 학교와 멀어지면서 나다니기가 어려웠고, 청계천에 고가도로가 생길 무렵부터 이미 헌책방에는 해방 이전에 출판된 책들이 자취를 감췄다. 전문적인 수집가들이 등장하면서 가격이 엄청나게 뛰었다. 나는 비싼 돈으로 책을 사는 대신에 필요한 책을 복사하기로 마음먹었다. 점차 편리한 복사 시설이 들어서면서 나는 필요한 자료들을 복사해서 활용했다. 내가 원하는 책은 내 공부에 필요한 자료일 뿐이었다.

당시에 내가 사 모았던 시집 가운데에는 김억의 첫 시집 『해파리의 노래』도 있고, 김기림의 『태양의 풍속』, 박세영의 『산제비』, 박종화의 『흑방비곡』, 이용악의 『오랑캐꽃』, 임화의 『현해탄』, 정지용의 『백록담』, 최남선의 『백팔번뇌』, 황석우의 『자연송』 등이 있다. 소설집으로는 이광수의 『무정』을 비롯하여 김동인의 『감자』, 박태원의 『소설가 구보씨의 일일』, 『천변풍경』, 염상섭의 『만세전』, 이기영의 『고향』,

이태준의『복덕방』, 이효석의『황제』, 한설야의『탑』, 현진건의『타락자』 등을 꼽을 수 있다. 임화의『문학의 논리』, 김문집의『비평문학』 등도 그 시절에 구한 책들이다. 이 밖에도 흥미로운 책들이 더러 있었는데 1984년 모종의 사건으로 보안사에 압수당했다. 지금도 아쉬운 일이지만, 정지용의『정지용시집』과『산문』, 김기림의『새노래』, 그리고『카프시인집』 등을 그때 빼앗겼다. 허준의『잔등』, 최명익의『장삼이사』도 빼앗긴 책 속에 끼어 있었다. 그 후에 다시는 이 책들을 구하지 못했다. 이 책들 가운데 몇 권은 무주에 있는 '눌인김환태문학관'에 영구 대여의 형식으로 내주었고, 시집은 내가 서울대학교를 퇴직한 직후 강원도 인제 만해마을 옆에 설립된 '한국근대시집박물관'에 무상으로 여러 권을 기증했다. 내가 개인적으로 보관하는 것보다는 박물관에서 여러 사람이 함께 볼 수 있도록 잘 보관하는 것이 우리 문학을 위해 더 필요한 일이라고 생각했기 때문이다. 대신에 나는 이 책들을 모두 복사하여 PDF 파일로 내 컴퓨터 안에 넣고 다닐 수 있게 되었다.

내가 지금도 자랑하고 싶은 책은 헌책방에서 구한 정지용의 시집『백록담』 초판본이다. 이 책을 얻은 것이 수십 년 전 일인데 그것이 바로 엊그제 같다.

비가 축축히 내리던 초가을 토요일 오후. 날이 궂어서 책방을 찾는 사람이 별로 없었다. 그 서점의 이름이 지금은 제대로 기억나지 않는다. 그 집에는 가끔 괜찮은 책들이 주인이 앉아 있는 책상 뒤켠의 캐비닛 속에 숨겨져 있었다. 내가 서점 문을 열고 들어서니 마침 이웃 서점의 주인들까지 한데 모여 내기 화투판이 벌어졌다. 주인은 손님이 오는 것도 별로 반가워하지 않고 화투판에 열중이다. 나는 문학 서적들이 꽂혀 있는 서가를 훑어보고 있었다. 주인이 소변이 급한지 자리에서 일어나 밖으로 나갔다. 나는 다시 가게로 들어서는 주인에게 눈인사를 하면서, 따로 보관하고 있는 볼 만한 책이 없느냐고 물었다. 옆자리에서 화투장을 펴던 다른 서점 주인이 말참견을 했다. '지난번 내게서 가져간 그 시집 있잖아. 그거 넘겼나? 책 장사가 책 욕심을 내어서 뭘 해.' 주인은 마지못한 듯이 캐비닛을 열고 신문지로 잘 싸놓은 작은 책 한 권을 내게 보였다. 정지용 시집 『백록담』이다. 노란 바탕 위에 나무 사이로 사슴 한 마리가 고개를 쳐들고 있다. 그 옆에 환상처럼 날고 있는 나비 한 마리—. '시집(詩集) 백록담(白鹿潭)'이라는 제자(題字)는 출판사에서 갓 나온 책처럼 선명하다. 내 가슴이 뛰었다. 수십 년 동안을 이렇게 곱게 간직한 책이 있었구나 하고 나는 놀랐다.

내가 책 값을 묻자, 주인은 벌써 다른 사람이 주문해둔 것이라서 팔 수 없다고 했다. 나는 그 시집에 욕심이 나서 내게 팔라고 매달렸다. 그러나 주인은 아무 대꾸도 없이 책을 캐비닛에 집어넣고 화투판으로 끼어 앉았다. 내가 '아저씨' 하며 주인을 부르자, 이번에도 다른 서점 주인이 말을 거들었다. "이렇게 비가 오시는 날에도 헌책방

찾아다니는 손님인데, 어지간하면 넘겨드려." 나는 주인의 눈치만 살피며 화투 한 판이 끝날 때까지 거기 서 있었다. 화투판이 끝나자 주인이 일어나더니 캐비닛 속의 시집을 다시 꺼내들며 말했다. "오늘 비 내리시는 덕인 줄 알아요." 나는 그 시집을 받아들고 몇 번이고 고맙다는 인사를 했다. 비가 내리는 초가을 날 헌책방에 들렀던 것이 그만 내게는 큰 횡재가 되었다. 정지용의 『백록담』 초판본을 그것도 그렇게 멀쩡하게 깨끗한 책으로 구했으니. 나는 너무도 기뻐서 가방 속에 책을 챙겨 넣은 후 빗속을 달렸다.

『백록담』 초판본 표지

나는 지금도 시집 『백록담』을 펼쳐 들면 그때가 눈에 선하다. 이 시집을 얻었던 때와 같은 그런 기쁨을 이제는 다시 책을 통해 맛보기는 어렵겠다. 그러나 나는 이 시집 속의 시들에서 느낄 수 있는 시인 정지용 특유의 언어적 조형성에 늘 탄복한다. 그리고 천편일률적으로 찍어내는 똑같은 표지의 요즘 시집에 대해 불만이다. 똑같은 표지의 시집들처럼 시의 목소리까지 서로 닮아버리면 어쩌나?

헐어진 우리 집

"잘되었네요, 오빠. 보상금도 나오겠지요?"

막내의 말에 나는 전화를 내려놓고 싶어진다. 고향 집이 철거된다는 말을 누구에게 먼저 이야기할까 하다가 막내에게 전화를 걸었다. 그래도 고향 집에 대한 기억이 가장 생생할 것이라고 생각했는데, 나의 예측이 빗나간 셈이다.

"글쎄. 모르지. 이제 끊자."

나는 전화기를 내려놓고 연구실 창밖을 내다본다. 하늘 끝에 구름이 걸렸다.

나는 막내의 말이 자꾸 마음에 걸린다. 당연히 '우리 집이 철거된다구요?' 하면서 놀랄 것으로 생각했는데 실속파인 막내는 보상금 이야기를 먼저 꺼낸 것이다. 어머니는 어차피 서울로 모셔 와야 할 테니 비어 있게 되는 낡은 시골집을 철거하고 보상금 준다면 다행 아니냐는 어조다.

우리 집이 없어진다니…….

나는 오라비 마음을 헤아려주지 못하는 막내에게 조금 속상하다. 그리고 고향 삶의 터전이 아주 사라진다고 생각하니 갑자기 허전하다. 더구나 혼자서 고향 집을 지키고 계신 어머니께 이 사실을 어떻게 알려드릴지 걱정이다. 어머니는 아버지가 세상을 떠나신 후에도 '내 집'이 제일 편하다면서 서울 생활을 거절하셨다. 어머니가 이 사실을 어떻게 받아들일지.

나는 시청에서 보내온 철거 대상 가옥에 대한 안내문을 다시 꺼내어 살펴본다. 옛 충청수영(忠淸水營) 자리가 국가 사적지로 지정되면서 허물어진 성곽을 다시 쌓고 수영의 관아를 모두 다시 옛날 모습으로 복원한단다. 이 복원 사업을 위해 사적지 주변의 민가는 모두 철거하는 대신에 국가가 보상금을 지급하게 된다는 것이다. 우리 집은 충청수영의 남문 밖에 가까이 자리 잡고 있다. 수영의 성곽과 남문을 복원하려면 인근의 민가를 철거해야 한다는 말이다.

우리 고향 집은 원래 조그마한 시골 농가였다. 미산(嵋山) 도화담(桃花潭)에서 울음내[鳴川]를 거쳐 이곳 자라내[鰲川]로 이사 온 것이 일제 말기였다. 아버지가 열여섯에 결혼한 직후였다고 한다. 조부께서 직접 목수를 대어 지었다는 초가집은 안채에 방이 네 칸이고 부엌이 딸려 있었다. 초가집이었지만 안채와 바깥채(사랑채)가 나뉘어 있었고 바깥마당에는 기다랗게 헛간 건물도 있었다. 넓은 바깥마당에서 여름에는 보리 타작, 가을에는 벼 타작이 이루어졌다. 집 둘레가 어지간히 넓어서 충청수영 성곽의 남문 바로 바깥쪽을 넓게 차지했다.

내가 우리 집에 대해 기억하는 것은 할아버지 살아 계셨던 때부터이다. 한국전쟁이 끝난 뒤의 어지러운 상황을 나는 제대로 기억하지 못한다. 하지만 전란 속에 홀로 피신했던 아버지가 집으로 돌아오신 날 나는 아버지의 무릎 위에 앉아서 까칠하게 돋아난 아버지의 턱 주변의 수염을 손으로 문질러본 생각이 난다. 할머니가 연신 "애비 다리 아프게……." 하면서 나를 떼어내려 하였지만 아버지는 오히려 나를 품안으로 끌어안고 그 까칠한 수염 돋은 턱을 내 이마에 비벼대곤 하였다. 그 까끌까끌한 느낌이 토막토막 내 머릿속에 지금까지 그대로 박혀 있다.

나는 동란이 끝났다는 말도 실감되지 않았고 여기저기 평난(平難) 꽃이 피어났다는 할머니의 이야기도 제대로 알아듣지 못했다. 전란의 시대가 지났다는 것은 푸짐했던 증조부 제삿날 풍경으로 실감이 되었을 뿐이다. 제삿날에 즈음하여 멀리 삿갓재 사시는 할머니(아버지의 당숙모)도 오셨고 고모할머니(할아버지의 누이동생)도 열흘 전부터 우리 집으로 오셔서 할머니 방 안 가득 장죽에서 뿜는 담배 연기로 채우셨다. 집 뒷곁으로 좁다란 툇마루가 있고 마룻방 끝에는 고방이었는데, 동네 아주머니들이 그 마룻방에 앉아서 떡을 안치고 다식을 만들었다. 부엌에서는 엿을 고는 큰 가마솥 곁에 건넛집 할머니가 지켜앉았다. 전을 부치는 일은 윤식이 형네 아주머니가 맡았다. 사랑채는 할아버지의 공간이었다. 할아버지 방에는 아무나 함부로 드나들 수 없는 곳이었지만, 미산에서 오신 경식이네 아저씨와 삿갓재의 태수 아저씨가 머리를 조아리고 앉아 먹을 갈면서 할아버지가 붓으로 한지에 축과 지방을 쓰시는 일을 시중들었다. 아버지는 건넛집 할아버지(할머니의 동생)와 함께 겨우내 마당 구석에 묻어둔 밤을 파내어 물에 씻어두고는 밤 치기를 준비하셨다. 나는 여기저기 구경거리에 마음이 들떴었다.

그 평화롭고 단란하여 꿈속 같았던 초가집 안채와 바깥채를 헐어버리고 새집을 지은 것은 할아버지와 할머니가 모두 세상을 떠나신 뒤였다. 농가와 양옥을 절충하여 새로 지은 집은 초가의 정겨움이 모두 사라졌다. 아버지는 당신이 키워낸 장성한 여덟 남매가 모두 한자리에 둘러앉을 수 있는 넓은 안방을 원하셨다. 우리 형제는 널따란 안방과 대청마루와 작은 방 세 개가 잇달아 붙은 제법 큰 규모로 집을 짓기로 했다. 시골 마을에서는 드물게도 부엌을 입식으로 만들었고 화장실도 수세식으로 꾸몄으며 보일러 시설까지 갖춰놓았다. 집이 새로 세워졌을 때는 동네 사람들이 모두 부러워할 정도였다.

아버지는 당신이 집 짓는 일을 모두 챙겼고 나는 주말마다 고향을 찾아 집이 올라가는 과정을 지켜보았다. 아버지는 집 안 마당에 잔디를 깔게 하였고 동백나무와 대추아재비를 담장 안으로 옮기도록 하였다. 어머니는 집 주변의 꽃나무 가꾸기에 힘을 들였다. 집 안에는 커다란 모과나무 옆으로 목련이 높이 자라나서 이른 봄 꽃 잔치를 시작했다. 담장 아래로는 봄볕에 제일 먼저 붉은 산당화꽃이 피어났고, 잔디밭 가장자리는 온통 노란 수선화가 뜰 안을 장식했다. 대청마루에 앉아 내다보이는 창밖으로는 모란 한 무더기가 자랐다. 잔디밭 가장자리에 장미 몇 그루를 심었고, 낮게 둘러친 담장 가에는 봄이면 가지꽃(자목련을 우리동네에서는 이렇게 불렀다)이 붉고 여름은 능소화가 꽃 울타리를 이루었다.

그런데 아버지는 이 집에서 겨우 십 년을 어머니와 같이 사셨다. 그리고 한여름 집 마당 잔디에 물을 뿌려주다가 협심증으로 장미 나무 곁에서 주저앉아 돌아가셨다. 그리고 덩그렇게 텅 빈 집이 모두 어머니의 차지가 되었다. 어머니는 아버지가 떠나신 후 그 빈 자리를 홀로 지키셨다. 아버지가 쓰시던 안방의 작은 책상 위에는 늘 아버지와 어머니가 새집 대문간에 손잡고 서서 찍은 사진 액자를 세워두셨다. 아버지가 주검으로 앉아 계셨던 장미꽃 나무 곁의 잔디를 걷어내고 거기에 아름다운 튤립을 여러 포기 심은 것도 어머니였다. 어머니는 그 가장자리에 야생의 둥굴레와 은낭화도 옮겨 심었다. 아버지가 그 순백의 색깔을 좋아하셨다는 거였다.

내가 어머니께 물었다.

"그렇게 이 집이 좋으세요?"

어머니는 대답 대신에 멀리 안산 봉우리 쪽을 건너다보셨다. 그러고는 내 손을 잡아끌며 안방으로 들어가자고 하신다. 내게 문갑 서랍을 좀 열어보란다. 문갑 서랍 속에 누런 서류 봉투가 두툼하다.

"이게 무어예요?"

나는 봉투 속의 서류를 꺼냈다. '등기권리증'이다.

"그게 내 집 등기 문서지. 저 양반 가시기 전에 왜 그런 생각을 했는지 이 집과 넓은 가대를 모두 내 이름으로 바꾸었다는 거야. 돌아가실 것을 미리 알고 있는지……. 내가 오래오래 이 집을 지키겠다고 마음먹었는데……. 이제는 저 양반 여기 혼자 두고 내가 서울로 가야 하네."

어머니는 눈물을 닦으신다. 나는 할 말을 잊었다.

"왜 그런지 마음이 안 놓여. 바깥어른 생시 때처럼…… 그래서 자꾸 걱정이 되는 거여."

나는 아무 말도 하지 않았다. 돌아가신 아버지 생각을 하시는 것은 나도 어찌할 수가 없다.

"이렇게 큰 집을 지어놓고 겨우 십 년쯤 사셨는데. 이걸 내게 맡겨놓고 혼자 떠나셨으니 내가 잘 간수해야지."

어머니는 걸레를 들고 대청마루의 먼지를 훔치셨다.

어쩌다가 아들네 집으로 딸네 집으로 서울 나들이를 하셔도 어머니는 닷새를 넘기지 못했다. 늘 비워둔 고향 집 걱정이었다. 그래서 결국은 한 주일도 못 채우고 집으로 내려오시곤 했다. 그러시면서 하시는 말씀이 '내 집이 최고 편해야.' 하시는 것이었다. 나는 어머니의 말씀이 좀 야속하게 들리는 경우도 많았지만, 어머니가 '내 집'을 말씀하시는 뜻을 더 묻지 않았다.

늦가을 주말 한가한 틈에 혼자 고향 집을 찾았다. 대문이 열려 있었지만 집 안이 텅 비었다. 어머니는 노인정에 계신 듯했다. 나는 옷을 갈아입고 바로 뜰로 내려섰다. 잔디 위로 덮인 낙엽을 갈퀴로 긁어모았다. 나무가위를 들고 담장 위로 웃자란 능소화 넝쿨도 잘라내고 장미 나무의 가지를 쳐냈다. 그리고 겨울맞이를 위해 볏짚으로 아래둥치를 감싸매주는 작업을 시작했다.

노인정으로 나가셨던 어머니가 어느새 내 등 뒤에 서 계셨다. 그러고는 이렇게 말씀하시는 것이었다.

"그렇게 공들여 무얼 하시려나?"

나는 하던 일을 멈추고 일어서서 어머니께 인사를 드렸다.

"노인정에 계신 것 같아서 그냥 집으로 들어왔네요. 겨울에 얼어죽지 않아야 내년 여름에 꽃이 장하지요."

어머니는 나무가위를 들고 서 있는 내 얼굴을 가만히 올려다보시더니 한숨을 내쉬었다.

"저 위의 양철집은 이번 겨울에 먼저 떠난다네. 보상금 받으면 눌새 아들네 집으로 간다고 도장 찍었다는구먼."

나는 어머니가 이미 우리 집이 철거된다는 사실을 모두 알고 계신 것을 직감했다. 그래서 이렇게 말했다.

"우리 집은 어머니 살아 계시는 동안은 손대지 않을 거예요. 나라에서 하는 일이니 따라야 하지만 토지 보상하고 철거하고 성곽을 다시 보수하고 하려면 앞으로도 얼마나 걸릴지 몰라요."

나는 어머니의 거친 손을 잡았다. 어머니는 이렇게 나를 달래셨다.

"박사님이 제일 공을 많이 들였지 않었나? 저 나무, 이 꽃들……. 여기 누가 앞으로 내려와 살려고 하겠어? 큰애도 그런 생각이 없고, 막내도 마찬가지지. 박사님 은퇴하면 고향 집이니 잘 건사하겠지 했는데……."

나는 어머니의 손을 꼭 잡았다.

어머니의 눈길이 집 마당을 돌아 뒤뜰에 높이 서 있는 감나무로 향했다. 붉게 물들기 시작한 감나무 잎새 사이로 누렇게 익은 감들이 햇살에 빛이 났다.

하늘이 유달리 푸른 늦가을의 오후였다.

나는 나이에 어울리지 않게 가슴이 울컥 했다.

어머니가 돌아가신 지 삼 년이 지나서 우리 집은 철거되었다.

뒷곁의 감나무도 사라졌다.

바깥마당의 커다란 은행나무도 잘려 나갔다.

뜰 안의 모란도 모두 사라졌고 가지꽃의 아름다움도 다시 볼 수 없게 되었다.

어머니에 대한 그리움과 함께 모두 내 마음속에만 그것들이 오롯이 남아 있을 뿐이다.

자라내[鰲川]

한국전쟁이 끝날 무렵만 해도 수영의 관아 건물이 우리 동네에서 가장 크게 위용을 자랑했다. 면사무소가 그 건물을 그대로 사용하였으며, 그 곁의 정자(丁字) 집 한옥은 초등학교 교무실이 되었다. 제법 운치 있는 큰 기와집이었다. 그리고 아치형의 북문이 성곽에 싸여 있었으며, 공해관(控海館)이니 진휼청(賑恤廳)이니 하는 건물들이 남아 있었다. 자연의 지형 지세를 따라 사방으로 둘러쌓인 성곽은 여기저기 무너져 내린 모습이었지만, 우리 쪼무래기 동무들이 무시로 모여 이순신 장군 놀이로 신나게 성곽 위아래를 뛰었다.

이 작은 마을에 큰 변화가 생긴 것은 전란이 끝난 직후였다. 자라내 바닷가 포구를 매립하여 축항을 만드는 공사가 벌어졌다. 바다를 메우는 데에 엄청난 흙과 돌이 필요했다. 바닷가에서 제일 가까운 성곽의 서문 일대를 먼저 허물기 시작했다. 돌무더기를 허물기 위해 남포를 터트리는 소리가 연일 요란했다. 사방에서 몰려든 인부들이 레

일을 깔고 그 위로 도루코에 흙과 돌을 실어 날랐다. 어린 시절에 그렇게 거창한 공사는 처음이어서 나는 가끔 동네 꼬맹이 동무들과 함께 공사판 구경을 나서기도 했다. 그 공사가 끝난 후에 매립된 넓은 공지가 생기고 배들이 제대로 닿을 수 있도록 부두가 만들어졌다. 그리고 그 공터에 닷새 만에 한 번씩 열리는 시장도 문을 열었다. 성곽을 허물어 그 흙과 돌로 바다를 메꾸었고 관아의 건물을 모두 뜯어내고 볼품없는 시멘트 건물들이 그 자리에 대신 들어섰다. 그렇게 수영의 위용이 대부분 파괴되었다. 멀쩡한 동네가 다 망했다면서 할아버지는 늘 탄식했다. 그리고 여기저기서 몰려온 피난민들이 시장터에 집을 짓고 살기 시작하자 아예 그 근처에는 내려가지 말라면서 어린 손주를 말렸다.

나는 늘 고향 마을의 충청수영이 궁금했다. 그래서 규장각의 자료를 찾아보았다. 이런저런 자료를 뒤지고 보니 자라내에 수영(水營)이 들어서게 된 역사는 지금으로부터 약 육백 년 전으로 거슬러 올라간다. 자라내는 본래 백제 시대 신촌현(新村縣)에 속했고, 통일신라 시대에는 결성군(潔城郡)에 속했던 작은 어촌이었다. 고려 시대부터 지금의 주포에 보령현(保寧縣)을 열고 감무(監務)를 시작하자 이에 속하게 되었다. 조선 왕조를 세운 태조대왕이 1396년 태조 5년에 고만(古巒, 지금의 주포면 고정리)에 첨절제사(僉節制使)를 두고 이 일대의 육지와 해상을 관할하게 한 것이 수영(水營)의 시초이다. 조선 4대 세종대

왕은 이곳의 군사적인 중요성을 생각하여 첨절제사를 도안무처치사(都按撫處置使)로 바꾸었으며, 1448년 세종 30년에 이곳 도안무처치사로 부임한 박배(朴培)라는 사람이 처음으로 수영의 본부 건물을 현재의 오천면 소성리에 세우게 되었다. 이후 이곳에 수군절도사(水軍節度使)가 부임하여 일대를 모두 관할하였다. 1504년 수군절도사로 부임한 이량(李良)이 수영 내에서 바다를 내려볼 수 있는 기암절벽인 강선암(降仙巖) 위쪽에 영보정(永保亭)을 지어 그 아름다운 풍광을 오래 남길 수 있게 하였다.

수영을 둘러싼 산 능선을 따라 축성(築城)이 시작된 것은 1509년 중종(中宗) 4년부터이다. 축성이 끝난 뒤에는 수군절도사가 보령부사(保寧府使)를 겸하게 되었던 적도 있으며, 한때는 그 지위가 낮아져서 태안반도의 안흥(安興) 첨절제사가 수군절도사를 겸하여 수영을 다스리고 성내를 지켰던 적도 있다. 조선 말인 1871년 고종 8년 보령현(保寧縣)에 수영을 합속시켜서 보령부사가 이를 관할하였다.

조선 시대의 기록에 따르면, 수영은 사방 3274척(약 1킬로미터의 길이)으로 이루어진 석성(石城)과 토성(土城)으로 둘러싸여 있었는데, 성곽의 다섯 곳에 옹성을 쌓았고, 동문, 남문, 북문, 서문, 소서문 등 다섯 개 대문 위에 층루를 지어 위용을 자랑하게 하였으며, 소서문 내에는 길이가 백 장(丈), 너비가 오십 장이 되는 호지(濠池)를 파서 큰 연못을 이루게 하였다. 바다를 면하여 있는 높은 절벽에 자리한 영보정의 절묘한 아름다움은 천애(天涯)의 벼랑에 서 있는 고소대(姑蘇臺)

와 그 밑에 선녀가 내려온다는 강선암이 서로 어우러져 그 풍광이 더욱 이채로웠다. 이곳 수영에 전함 2척, 구선(龜船, 거북선) 1척, 방선(防船) 1척, 병선(兵船) 2척, 사후선(伺候船) 7척 등이 배치되어 있었다는 기록으로 보아 조선 시대 그 규모가 어떠했던가를 짐작할 만하다.

그러나 고종 말년에 수영이 폐쇄되고 행정구역이 개편되어 보령군 오천면으로 바뀌면서 수영은 급속하게 퇴락하게 되었다. 성곽과 오대문의 층루가 모두 붕괴되고 오직 북문의 아치형 문루 일부만 남았다. 수영 영사(營舍)로 사용되었던 건물들도 대부분 허물어졌고 성내의 호지도 모두 메워졌다. 다행히도 토성으로 이루어진 동편 성곽과 서편 성곽이 그대로 남아 있다. 석성으로 이루어진 북부 성곽은 일부 형태가 아치형의 북문에 잇달아 남아 있고 바다와 접해 있는 고소대와 강선암의 아름다운 절경만이 멀리 상사봉(想思峰)과 마주하고 있다.

조선 후기의 명필이던 추사 김정희가 쓴 「영보정가」를 한국고전번역원이 펴낸 책 그대로 옮겨보면 다음과 같다. 이 글은 한시 연구의 권위자인 이종묵 교수가 내게 찾아준 것인데 그 기묘한 고소대 위 영보정의 아름다운 풍광을 실감나게 노래한 절창이다.

작년에는 이 바다 서쪽에 있었는데	去年在此海西
금년에는 이 바다 동쪽에 있네그려	今年在此海東

징파루는 저기요 영보정은 여기지만　　澄波樓永保亭
한 오라기 바다 구름 멀리 서로 통하누나　　海雲一縷遙相通
바다 커서 밖이 없단 그 말을 믿지 않소　　不信海大而無外
두 가지 일 이제는 내 모두 다 궁리했네　　兩事如今吾盡窮
소재에서 소상 뵙던 지난날을 기억하니　　忽憶蘇齋拜蘇像
해도라 천풍 속에 천추정기 상상해라　千秋精氣想像於海濤天風
소매 속의 동해가 바로 곧 여기라서　　袖中之海卽是處
경각 사이 일어나네 신라의 한 생각이　　新羅一念頃刻中
소동파공이 구경하던 그 바다를 이제 오니　　今臨坡公所觀海
칠백 년래 노는 자취 공과 같나 아니 같나

七百年來遊跡與公同不同

이 정자를 봉래각과 나란히 비기자니　　此亭擬與蓬萊閣
해시는 아니 뵈고 바다구름 사라졌네　　海市不見海雲空
외론 섬은 마름인 양 은옥에 빠져 있고　　孤嶼若萍沒銀屋
먼 돛은 팥알 같아 청동에 갈리누나　　遠帆如豆磨青銅
어여뻐라 해상에도 바다라는 뜻 없으니　　絕愛海上無海意
넓을 대로 다 넓어 곱고 짙음 감쌌구려　　盡放缺闊包姸濃
이 산수는 저 고소와 같다고 말들 하여　　道是山水似姑蘇
누 이름과 절 편액이 모두 서로 답습했네　　樓名寺扁都相蒙
꽃다운 풀 갠 냇이라 삼산은 새파랗고　　芳草晴川三山綠
우는 까막 지는 달에 어화가 반짝이네　　啼烏落月漁火紅

서쪽 가의 한 가지가 약목을 연댔으니　西邊一支連若木
지는 해를 붙들어서 창공에 올리련다　欲挽墜日升蒼穹
저녁 밀물 곧장 저 약수에서 돌아오니　夕潮直從弱水廻
용의 냄새 조개 기운 염롱에 자욱쿠나　龍腥蜃氣霏簾櫳
무슨 수로 무지개를 부르고 돌 휘몰아서　那得呪虹並驅石
수백을 일으키고 해동을 역사시켜　作使水伯與海童
물 중앙을 가로질러 홍교가 이뤄지면　橋成橫跨水中央
청혜 포말 마음대로 영주 봉래 놀고지고　靑鞋布襪隨意遊瀛蓬

그러나 지금은 자라내와 영보정의 빼어난 아름다움을 노래하는 사람도 없고 수영의 옛 자취를 제대로 기억하는 사람도 없다. 오천(鰲川)이라는 한자 지명 대신에 자라내(자래)라는 이름이 있었다는 것을 아는 사람도 지금은 찾아볼 수 없다. 한 쌍의 자라 모양으로 바다 위에 떠 있던 쌍오도(雙鰲島)는 방조제를 쌓으면서 모두 파헤쳐져 그 자리에 똥섬이 두 개 떠 있었던 것을 아무도 알아내지 못한다. 허름하게 지어놓은 이 층짜리 초등학교 건물 자리에 날아갈 듯 처마를 올렸던 커다란 관아의 건물이 있었다는 사실은 누구도 생각조차 못 할 일이다. 새롭게 터를 닦고 고증하여 복원한 영보정이 서해의 낙조에 빼어난 자태를 자랑하지만 그것을 옛 시인의 노래 속에서 찾는다는 일이 서글프다.

영보정 난간에 올라 바닷길을 내려다보면, 오천항 선착장에는 작은 낚시배와 키조개잡이 발동선이 옹기종기 모여 있다. 영보정을 벗어나 북문을 통해 층계를 걸어내려와 선착장으로 산보를 해도 내게 아는 체를 해주는 사람이 하나도 없다. 농협 마트에서 부모님 산소로 들고 올라갈 약주 한 병을 사 들고 동네 한복판을 지나며 내가 만나는 것은 모두 낯선 타인들뿐이다.

수선화
꽃망울이
벌어졌네

푸른사상 산문선

1 나의 수업시대 | 권서각 외
2 그르이 우에니껴? | 권서각
3 간판 없는 거리 | 김남석
4 영국 문학의 숲을 거닐다 | 이기철
5 무얼 믿고 사나 | 신천희
6 따뜻한 사람들과의 대화 | 안재성
7 종이학 한 쌍이 태어날 때까지 | 이소리
8 노동과 예술 | 최종천
9 은하수를 찾습니다 | 이규희
10 흑백 필름 | 손태연
11 인문학의 오솔길을 걷다 | 송명희
12 어머니와 자전거 | 현선윤
13 아나키스트의 애인 | 김혜영
14 동쪽에 모국어의 땅이 있었네 | 김용직
15 기억이 풍기는 봄밤 | 유희주
16 계절의 그리움과 몽상 | 강경화
17 오늘도, 나는 꿈을 꾼다 | 최명숙
18 뜨거운 휴식 | 임성용
19 우리는 영원하고 사랑도 그렇다 | 김현경 외
20 꼰대와 스마트폰 | 하 빈
21 다르마의 축복 | 정효구
22 문향 聞香 | 김명렬
23 꿈이 보내온 편지 | 박지영
24 마지막 수업 | 박 도
25 파지에 시를 쓰다 | 정세훈
26 2악장에 관한 명상 | 조창환
27 버릴 줄 아는 용기 | 한덕수
28 출가 | 박종희
29 발로 읽는 열하일기 | 문 영
30 봄, 불가능이 기르는 한때 | 남덕현
31 언어적 인간 인간적 언어 | 박인기
32 낡아도 좋은 것은 사랑뿐이냐 | 김현경
33 대장장이 성자 | 권서각
34 내 안의 그 아이 | 송기한
35 코리아 블루 | 서종택
36 천사를 만나는 비밀 | 김혜영
37 당신이 있어 따뜻했던 날들 | 최명숙
38 무화과가 익는 밤 | 박금아
39 중심의 아픔 | 오세영
40 트렌드를 읽으면 세상이 보인다 | 송명희
41 내 모든 아픈 이웃들 | 정세훈
42 바람개비는 즐겁다 | 정정호
43 먼 곳에서부터 | 김현경 외
44 생의 위안 | 김영현
45 바닥-교도소 이야기 | 손옥자
46 곡선은 직선보다 아름답다 | 오세영
47 틈이 있기에 숨결이 나부낀다 | 박설희
48 시는 기도다 | 임동확
49 이허와 저저의 밤 | 박기눙
50 지나간 것은 모두 아름답다 | 유민영
51 세상살이와 소설쓰기 | 이동하
52 내 사랑 프라이드 | 서 숙